Thomas Brezina

Die Knickerbocker-Bande

Der Schatz am Meeresgrund

18 Ratekrimis

Band 10

Ravensburger Buchverlag

Die Knickerbocker-Bande

NAME: Axel Klingmeier
SPITZNAME: Früher Schrumpfkopf und Gnomi
ALTER: fast 14 Jahre
STERNZEICHEN: Steinbock
COOL FINDE ICH: Sport
TOTAL UNCOOL: Langweiler, Oberlehrer, Wichtigtuer
LIEBLINGSSPEISE: Alles
BESONDERE KENNZEICHEN: Bin früher oft verspottet worden, weil ich klein bin. Heute traut sich das keiner mehr. Habe trainiert und bin der beste Sportler geworden.

NAME: Lieselotte (Lilo) Schroll
SPITZNAME: Superhirn
ALTER: fast 14 Jahre
STERNZEICHEN: Krebs
COOL FINDE ICH: Skifahren, Rafting, Krimis, starke Ideen und Mut
TOTAL UNCOOL: Feiglinge; Leute, die nicht lachen können, Trauerklöße
LIEBLINGSSPEISE: Chinesisches Essen (ich kann sogar mit Stäbchen essen)
BESONDERE KENNZEICHEN: Habe zwei blonde Zöpfe, auf die ich besonders stolz bin.

NAME: Paula Monowitsch
SPITZNAME: Poppi
(Paula finde ich einen Horrornamen)
ALTER: fast 10 Jahre
STERNZEICHEN: Fische
COOL FINDE ICH: Meine Tiere, Tierschutz-Organisationen, Poster
TOTAL UNCOOL: Tierquäler; Leute, die behaupten, nie Angst zu haben
LIEBLINGSSPEISE: Fruchtsalat und Melonen, aber kein Fleisch
BESONDERE KENNZEICHEN: Ich besitze einen Minizoo.

NAME: Dominik Kascha
SPITZNAME: (verrate ich nicht)
ALTER: fast 11 Jahre
STERNZEICHEN: Waage
COOL FINDE ICH: Lesen, Rätsel, Leute mit Durchblick und gutem Gedächtnis
TOTAL UNCOOL: Quatschköpfe, erhobene Zeigefinger, strenge Erwachsene
LIEBLINGSSPEISE: Spagetti
BESONDERE KENNZEICHEN: Meine Eltern sind Schauspieler, und auch ich stehe bereits auf der Bühne und vor der Filmkamera.

Der Name Knickerbocker-Bande entstand ...

☐ als Axel, Lilo, Poppi und Dominik von Lord Conrad of Knickerbocker ausgezeichnet wurden, weil sie seinen entlaufenen Mops gefunden hatten,

☐ **als Axel einen Weltrekord aufstellte und in 22 Knickerbocker-Hosen in nur 30 Sekunden Löcher gebissen hat,**

☐ als Poppis Papagei zum ersten Mal ein Wort von sich gab und es sich nach „Knickerbocker" anhörte,

☐ **als die vier den Zeichenwettbewerb einer Lederhosenfirma gewannen und einander bei der Preisverleihung kennen lernten,**

☐ als Dominik der jüngste Student an der Knickerbocker-Universität wurde,

☐ **als Lieselotte das Rätsel der jodelnden Knickerbocker-Hosen gelöst hat,**

☐ als Axel, Lilo, Poppi und Dominik sieben entsprungene Knickerbocker-Hosen wieder eingefangen haben,

☐ **als der Song „Knickerbocker Kiss" in der Hitparade auf Platz 1 landete.**

Richtige Erklärung bitte ankreuzen. Die Lösung steht auf Seite 125.

HALLO!

SUPER-WICHTIG!

Möchtest du Mitglied der Knickerbocker-Bande werden?

Du bist auf dem besten Weg dazu! In diesem Buch findest du viele Knickerbocker-Abenteuer, die du selbst lösen kannst! Lass deine Gehirnzellen rotieren und komm den Tätern auf die Spur! Wenn du es nicht gleich schaffst, denk an das Knickerbocker-Motto:

Ein echter Knickerbocker lässt niemals locker!

Hier noch wichtige Tipps, bevor du dich auf heiße Spuren begibst:

- Die Lösungen der Fälle sind verschlüsselt. Mit deiner Codekarte kannst du sie entziffern.
- Die Fälle sind unterschiedlich schwierig:

= Fall zum Grübelzellen-Aufwärmen

= Schmalspur-Schnüffler-Fall

= Hobby-Detektiv-Fall

= Meister-Detektiv-Fall

= Super-Knickerbocker-Fall

- Jeder von uns Knickerbocker-Freunden geht in eine andere Klasse und hat auch dort schon einige Rätsel gelöst. Fälle aus der Schule erkennst du an diesem Stempel:

SCHULFALL LILO

- Mini-Krimis kannst du schnell lösen, wenn du wenig Zeit hast.

mini KRIMI

- Maxi-Krimis bringen dir spannende Abenteuer und viel Ratespaß.

MAXI KRIMI

- Außerdem erfährst du in diesem Buch Knickerbocker-Tricks!

- Falls du Fragen hast, dann schreib uns:

Knickerbocker-Bande
Postfach 177
A — 1238 Wien

Und jetzt auf ins Abenteuer! Viele heiße Spuren wünschen dir

Dominik Poppi

Lilo Axel

Die Abenteuer-Knickerbocker-Codekarte

➔ Mit deiner Codekarte kannst du die Lösungen der Krimis entschlüsseln oder selbst Geheimbotschaften schreiben, die nur Knickerbocker entziffern können.

So entschlüsselst du die Krimi-Lösung:

➔ Lege die Karte mit der roten Seite nach oben auf das Lösungsfeld, sodass das Knickerbocker-Logo rechts steht. Die obere Kante der Karte und die obere Linie des Buchstabenfeldes müssen genau übereinander liegen. Jetzt tauchen in den Löchern die ersten Buchstaben der Lösung auf. Schiebe die Karte nun Reihe für Reihe nach unten, bis du die vollständige Lösung gelesen hast:

falsch:

richtig:

Wenn die ersten Buchstaben, die du in den Löchern siehst, keinen Sinn ergeben, musst du die Karte anders auf das Lösungsfeld legen: Wieder mit der roten Seite nach oben, sodass das Knickerbocker-Logo rechts steht. Aber jetzt legst du die untere Lochreihe auf die erste Zeile des Lösungsfeldes. Falls in der ersten Zeile die Lösung noch nicht beginnt, schiebe die Karte eine Zeile tiefer. Spätestens dann ergeben die Buchstaben in den Löchern einen Sinn.

Beispiel:

Was heißt das?

Z	B	V	C	D	E	W	S	A	Q	Ö	Ä	Ü
V	U	E	R	R	R	Ö	A	Ä	T	E	L	E
	X	N	I	I	E	E	M	F	A	N	G	T
D	M	E	M	M		I	D	O	A	S	Ä	Ü
G	F	E	H	W	E	A	I	-	M	N	I	L
I	B	S			D	X	E	A	I	N	L	O
E	J	R			C	G	O	F	D	E	S	Q
-	J	K	A	A	R	T	T	C	E	!	X	W

Verrate niemandem das Geheimnis deiner Code-Karte!

Lösung:

FÄLLE

TIPPS

In den Kästchen kannst du ankreuzen, welche Fälle du schon gelöst hast.

Mini-Krimi-Mix

9 spannende Mini-Fälle zum Aufwärmen deiner Grübelzellen

1. Was funkt Mister O?

Axel ist Hobbyfunker und empfängt den Funkspruch „Mayday, Mayday!“. Was hat die Botschaft zu bedeuten?

- „Alles Gute zum Muttertag!“
- „Tower, bitte melden!“
- „Helfen Sie mir!“
- „Heute ist der 1. Mai!“

2. Wo wohnt Agent XX??

Hier die Beschreibung seines Fensters: Es befindet sich in einem Haus mit drei Schornsteinen, zwei Fernsehantennen und einer geraden Anzahl von Stockwerken.

⇨ Agent XX wohnt im obersten Stockwerk und ist zu Hause.

3. Welches Testament ist echt?

Das ist die echte Unterschrift von Lord McLupo:

Nach seinem Tod tauchen sieben Testamente auf. Sechs sind gefälscht, nur eines ist wirklich von ihm unterschrieben.

⊡ Welches Testament ist echt?

KRIMI-LÖSUNGEN:

1	.	Q	H	D	E	L	A	F	W	E
N		A	S	C	I	E	S		A	M
I	R	S	!	F		2	P	.	S	I
M		D	L	R	I	N	F	K	X	E
N		F	H	T	A	U	V	S	C	.
	3	G	.	Z	T	E	%	S	D	T
A	M	T	E	U	N	T	)		F	N
U	M	Z	M	Ö	E	R	Y		G	F
Ü	N	H	F	K	.	X	Ö	X	Ü	X

4. Was steht da?

Lilo findet einen Notizblock. Jemand hat mit Kugelschreiber etwas Wichtiges auf ein Blatt gekritzelt und es abgerissen. Trotzdem kann das Superhirn schnell herausfinden, was auf den Block geschrieben wurde. Was tut Lieselotte?

- Den Block mit Puder bestreuen?
- Den Block mit der Lupe untersuchen?
- Mit einem weichen Bleistift flach über das nächste Blatt fahren?

5. Wo geknipst?

In der Kamera eines Ganoven befindet sich ein Film. Drei Fotos hat der Kerl schon geknipst. Allerdings ist er ein lausiger Fotograf und die Bilder sind schlecht. Kannst du trotzdem erkennen, wo sie aufgenommen wurden?

6. Wer ist Arthur Haxter?

Der Knickerbocker-Bande ist durch Zufall ein Kinderfoto von Arthur Haxter in die Hände gefallen. Heute ist der Mann ein gesuchter Gemäldefälscher. Er ist angeblich in der Stadt aufgetaucht. Axel hat im Museum fünf Verdächtige geknipst.

⊟ Wer ist Arthur Haxter?

KRIMI-LÖSUNGEN:

4	.	S	M	F	I	T	„		S	E
I	N	D	E	R	M		F	W	X	E
I	C	F	H	T	E	N	V		C	B
L	E	G	I	Z	S	T	6	I	D	F
T		T	Ü	U	B	E	)	R	F	
D	A	Z	S	Ö		N	Y	Ä	G	C
H	S	H	T	K	E		Ö	P	Ü	A
P	I	Q	E	D	R		A	F	W	A
H	R	A	E	C	N	.	S		A	5
.	A	S	U	F	F		„	D	S	E
M		D	F	R	L	U	F	G	X	H
A	F	F	E	T	N	.	V		C	6
.	D	G	E	Z	R		7	M	D	A
N	N	T		U	R	E	)	C	F	H
T	S	U		M	U	N	L	T	Ö	E
N	.	H	X	K	X	X	Ö	X	Ö	X

7. Wer war der Letzte?

Hier die Fußspuren einiger Gäste, die zu einer Ganovenparty eingeladen wurden.

➜ Wer ist als Letzter eingetroffen?

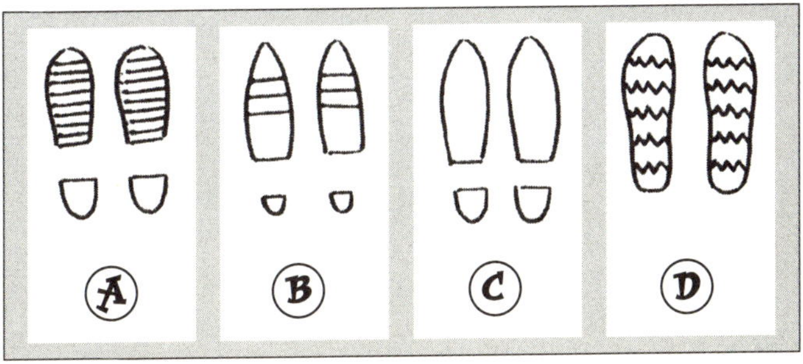
A
B
C
D

8. Rätselhafte Botschaft

Die Knickerbocker haben ein weißes Blatt Papier erhalten. Den vier Juniordetektiven ist klar, dass es sich um eine Geheimbotschaft handelt. Axel findet heraus, dass sich manche Stellen der Blattoberfläche rau, fast klebrig anfühlen. Was soll die Bande tun, damit die Schrift sichtbar wird? Weißt du, um welche Geheimtinte es sich handeln könnte?

9. Flinke Finger

In dieses Hotelzimmer wurde eingebrochen. Der Dieb suchte nach einer wertvollen Perlenkette, die allerdings gut versteckt war. Er konnte sie nicht finden und musste unverrichteter Dinge wieder abziehen.

An wie vielen Stellen hat er gesucht?

KRIMI-LÖSUNGEN:

D	F	E	A	Q	C	H	J	K	L	
7	S	.	F	F	U	Y	S	Q	S	S
P	D	U	R	R		A	B	A	.	
8	F	.	D	D	A	Ö	S	S		B
L	G	A	T	T	T	K		D	M	I
T	V		K	K	A	M	K	F	A	O
	B	B	E	E	S	N	T	G	R	E
U	H	E	N	N	,	B		H	D	A
M	U	I	T	T		&	D	U	I	E
	I	W	A	A	C	Z	H	I	S	S
C	O	H	R	R	I	T	F	K	T	
S	A	I	C	C	H	X	T	U	B	A
R	G		W	W	I	Y	R	C	D	.
	F	9	.	.	A	R	N	B	9	
S	V	T	E	E	L	A	L	D	E	N

Die Gruselfahrten der „Great Eastern“

Im Jahre 1858 galt die „Great Eastern“ als das größte Dampfschiff der Welt. Während ihres Baues war etwas Schreckliches geschehen: Eines Tages verschwanden ein Handwerker, der die Bleche des Schiffes vernietete, und sein Lehrjunge spurlos. Es gab Gerüchte, dass die drei aus Versehen in der Doppelwand des Schiffes eingeschlossen worden seien. Im Lärm der Werft mussten ihr Rufen und Klopfen überhört worden sein. Die Arbeiter wollten die gesetzten Platten entfernen, doch die Besitzer des Schiffes ließen das nicht zu.

Seit diesem Tag lastete ein Fluch auf dem Schiff: Um die „Great Eastern“ nach ihrer Fertigstellung vom Stapel laufen zu lassen, wurden ganze drei Monate benötigt. Ketten brachen, die Winde klemmte, zweimal kippte das Schiff sogar fast. Ein Unglück folgte dem anderen.

Bei der ersten Fahrt explodierte ein Schornstein. Später riss ein anderer Schornstein, und im

Speisesaal des Schiffes stieg die Temperatur auf 48 Uhr! Niemand wollte mehr dort essen.

Die „Great Eastern“ geriet in einen Barrakuda und lief auf ein unbekanntes Riff auf. Sie wurde schwer beschädigt und die Reparaturen waren so teuer, dass die Besitzer sie nicht mehr bezahlen konnten. Das Schiff musste versteigert werden. Die neuen Eigentümer setzten es nur mehr dafür ein, Kabel zwischen Eurobar und Amerika zu verlegen. Die teuren Kabel rissen und verschwanden in der Tiefe.

Als das Schiff schließlich verschrottet wurde, machte man einen grausigen Fund: Zwischen den vernieteten und verschweißten Schiffswänden im Hinterzimmer wurden die Skelette des Nieters und seines Lehrjungen entdeckt.

KRIMI-FRAGE:

Wie lautet die Botschaft?

KRIMI-LÖSUNG:

A	D	Y	X	H	Z	U	I	O	L	Ö
D	7	R	E	R	I	Z		W	U	H
R	D		B		A	H	R	S	R	A
K	J	U	D	W	A	G	-	D	B	A
R	U		H	S	I	F	N	X	T	E
R	I	Z	I	Ä	M	V	M	C	E	R
.	O	A	S	D	F	H	J	K	L	Ö

Such den Millionenmann!

AM TATORT

In diesem Hotelzimmer (Bild: Seite 26) hat ein Millionenbetrüger gewohnt. Er ist unter dem falschen Namen August Schmid abgestiegen und hat sieben Nächte in Zimmer 2439 verbracht.

Er ist abgereist, ohne seine Rechnung zu bezahlen. Keiner der Hotelmitarbeiter kann sich erinnern, wie er aussieht, ob er alt oder jung, groß oder klein ist.

Deine Aufgabe: Beantworte die Detektivfragen und versuch dir ein Bild des Betrügers zu machen. Dann wird es dir sicher auch gelingen, ihn zu entlarven.

1. Ist der Mann dick?
2. Ist der Mann groß?
3. Handelt es sich um ein kleines Hotel?
4. Ist der Mann alt oder jung?
5. Hat er einen Bart?
6. Hat er zurzeit ein Merkmal im Gesicht?

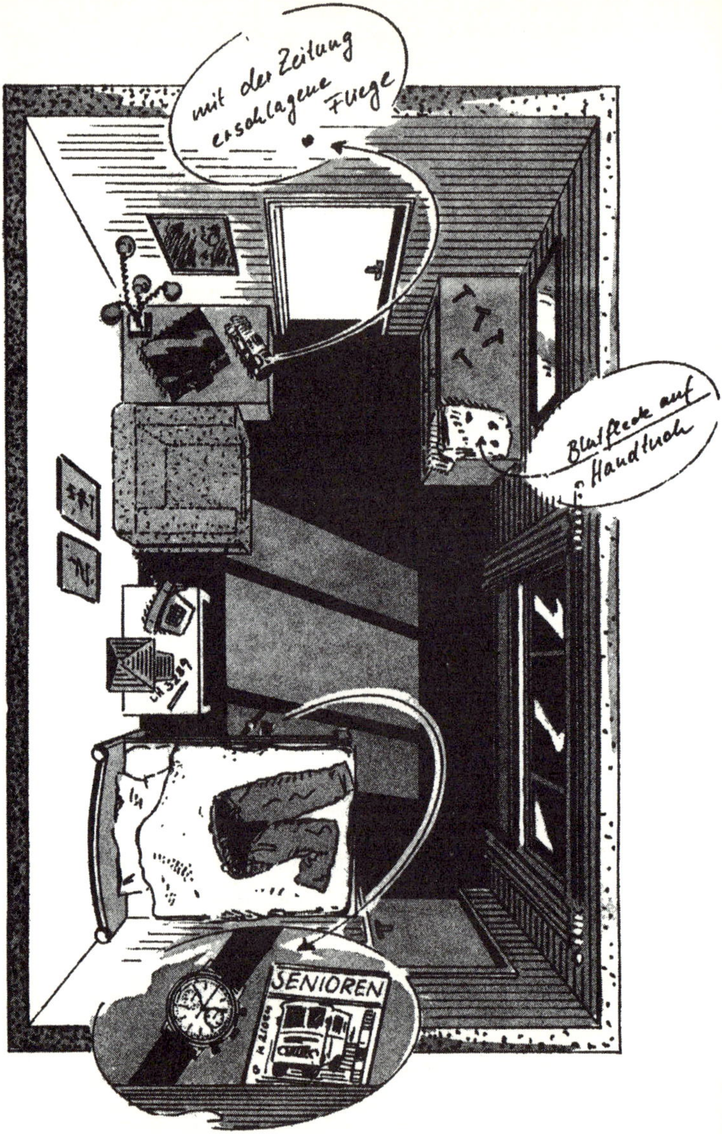
mit der Zeitung erschlagene Fliege
Blutflecke auf Handtuch
SENIOREN

7. Hat er sich Notizen gemacht?
8. Was wird ihm ziemlich sicher fehlen?
9. Wo kann ihn die Polizei finden?

KRIMI-LÖSUNG:

A	S	F	G	I	V	W	G	B	N	Q
1	Q	.	J	D	A	Q	,	W		D
I	W	E		C	H	A	O	S	S	E
	E	B	E	F	W	S	E	D	I	S
T	R		E	R	S	E	.	E		2
.	T		J	T	A	D	,	R		E
R	Z		H	Z	A	F	T	F		E
I	U	N	E	H		R	F	G	L	I
E	I	G	E	B		T	Ü	T	B	E
R	J		D	Q	E	G	M	Z		T
Ü	K	R	R	A	A	H	H	U	M	E
N	L		E	Y	R	J	S	I	C	H
L	O	A	G	X	E	K	N	J	.	
3	S	.	N	S	E	I	I	K	N	
D	M	I	E	D		Ü	H	L	O	H
E	Q		Z	C	I	Ö	M	O	M	E
R	W	N	U	V	M	P	M	P	E	R
	E	B	E	F	W	Ä	E	Ö	I	S
T	R		E	G	S	4	.	Ä		4
.	T	A	L	T	T	(	,	D		D
E	Z	N	N	Z		E	E	E	R	
B	U	E	K	U	O	D	M	R	M	T
	I	S	E	I	N	F	I	F	O	R
E	J	N	E	O	R	R	M	G	Ä	S
S	K	I	G	P	U	T	N	T	G	.

C	D	U	I	Ä	Ü	X	Y	A	F	H
5	O	.	A	A	U	H	F	U		J
E	S	D	E	Y	N	J		I	F	A
L	M	L		X	K	K	E	J	I	N
E	Q	N		S	V	I	O	K	L	L
B	W	A	R	D	T	Ü	,	L		D
A	E		E	C	R	Ö		O	S	I
C	R	H		V	R	P	A	P	S	I
E	T	R	T	F	.	Ä		Ö	6	.
J	Z	A		G	E	5	R	Ä		H
A	U	T		T	S	(	I	D	C	H
	I	G	E	Z	S	E	C	E	H	N
I	J	T	T	U	E	D	N	R		U
N	K	D		I	D	F	A	F	H	E
R	L		E	O	I	R	N	G	E	
N	O	A	R	P	B	T	E	T	.	
7	S	.		Q	J	G	A	Z	,	
E	M	R		A	H	H	A	U	T	
E	Q	T	W	Y	A	J	S	I		A
U	W	F		X	D	K	E	J	M	
N	E	A	C	S	H	I	T	K	T	I
S	R	C	H	D		Ü	N	L	O	T
I	T	E	R	C	T	Ö	.	O		8
.	Z		S	V	E	P	I	P	N	E
	U	U	H	F	R	Ä	.	Ö	X	X

Y	E	7	F	H	V	K	Ü	Q	X	B
9	J	.	A	T	U	(	F	D		D
E	K	M		Z	F	E	L	E	U	G
H	L	A	F	U	E	D	N	R	:	
L	O	H	3	I	2	F	8	F	9	
I	S	S	T	O		R	E	G	I	N
E	M		F	P	L	T	U	T	G	N
U	Q	M	M	Q	E	G	R	Z	.	X
X	W	X	C	A	S	D	F	U	W	E

Bei einem Scheckbetrug haben die Angestellten der Bank folgende Verdächtige beobachtet:

KRIMI-FRAGE:

Wer ist der Millionenmann?

KRIMI-LÖSUNG:

A	Q	W	E	R	T	Z	C	V	G	O
D	S	E	R	K		D	S	Y	I	T
Z	W	E	N	Q	D	C	E	Ü		M
A	S	N	N	A	.	X	C	E	B	N

Die billige Bude

„Ihr müsst euch das ansehen, unbedingt!“, meinte Karl-Heinz. Poppis Cousin hatte lange Zeit im Haus der Familie Monowitsch gewohnt, nun aber wollte er ausziehen und sich eine eigene Bleibe suchen. Beim Lesen der Anzeigen in der Zeitung hatte er eine Sensation entdeckt: eine Wohnung mit drei Zimmern und einem Balkon, und das Ganze zu einem Spottpreis.

„Karl-Heinz, an dieser Bude muss etwas faul sein!“, sagte Axel, und seine Kumpel gaben ihm Recht.

„Deshalb will ich auch, dass ihr mitkommt und euch die Wohnung anschaut. Wenn die Sache einen Pferdefuß hat, fällt euch das bestimmt auf“, sagte Karl-Heinz und blickte die vier Freunde mit seinen Dackelaugen flehend an.

„Klar stehen wir dir bei, Alter!“, meinte Axel großzügig.

Am Tor des fünfstöckigen Wohnhauses wurde

Karl-Heinz von einer hektischen und sehr energisch wirkenden Frau erwartet. Sie stellte sich als Mirella Binder vor und hatte die Aufgabe, die Wohnung zu vermieten. Das Haar trug sie streng nach hinten frisiert, den Mund hatte sie zu einem säuerlichen Lächeln verkrampft und mit den Armen hielt sie eine schwarze Tasche umklammert.

„Die Wohnung ist eine Ausnahme, etwas ganz Besonderes. So ein Angebot haben wir höchstens einmal im Jahr!", sagte sie, während sie Karl-Heinz in den vierten Stock hinaufführte.

Die Knickerbocker-Freunde liefen hinterher und achteten darauf, dass ihnen kein Wort entging.

„Sie können die Wohnung jetzt besichtigen und müssen sich sofort entscheiden. Sagen Sie Ja, unterschreiben Sie einen Vertrag für zehn Jahre."

Poppi kam ein schauriger Verdacht. „Vielleicht ist in der Wohnung jemand umgebracht worden. Und jetzt will keiner in die Unglückswohnung einziehen!"

Lieselotte verzog das Gesicht.

Karl-Heinz hielt die Wohnung für eine „Traumbude". Die Zimmer waren groß und hell, der Balkon gemütlich, die Küche modern, das Badezimmer geräumig. Obwohl die Knickerbocker-Freunde alles genau unter die Lupe nahmen, konnten sie nichts Auffälliges entdecken. Die Wohnung war bis auf drei große Pakete Watte, die in der Küche, im Bad und in einem der Zimmer herumlagen, leer. Es waren auch keine Löcher in den Wänden und es gab weder nasse Flecken noch blanke Stromkabel. Nur in den Decken aller Räume fielen Lieselotte zahlreiche Dellen auf.

Die Maklerin bemerkte Lilos Blick und meinte nur: „Leider hat hier bis vor kurzem eine Familie mit besonders wilden Kindern gewohnt. Sie hatten seltsame Spielsachen, die sie an die Zimmerdecke knallen ließen. Ich hoffe, Sie werden sich da anders verhalten!“ Sie grinste Karl-Heinz an und lachte gekünstelt.

„Was soll ich machen? Soll ich die Wohnung nehmen?“, fragte Poppis Cousin. „So etwas Billiges bekomme ich nie wieder!“

Lieselotte riet ihm davon ab. Als sie gemeinsam am Abend noch einmal zu dem Haus kamen, bestätigte sich der Verdacht des Superhirns.

KRIMI-FRAGE:

Warum ist die Wohnung so billig?
Was stimmt mit ihr nicht?

KRIMI-LÖSUNG:

I	N	Q		A	D	E	E	R	T	
W	O	A	H	D	N	U	E	N	A	G
	D	S	A	C	R	Ü	D	B	S	E
R		D	W	V	O	H	S	N	D	T
	E	C	I	G	N		K	S	C	C
H	L	F	A	T	G	Z	J	E	F	U
G	E	R	R	Z	,		H	D	R	E
R		T	D	U	I	E	G		T	G
A	N	Z	Z	I	E		V	N	Z	A
C	H	H	T	K		Ü	D	B	H	T
.		Ä	D	C	E	R	S		B	V
O	R	I	M	T	I	E	U	T	F	E
R		D	H	P	A	T	D		E	M
I	T	E		Ö	D	E	Ü	M	E	
B	E	R	S	V	E	N	P		R	G
E	G	T	E	C	N		O	D	T	I
E		Z	D	D	E	C	I	K	Z	E
	G	D	E	F	K	L	U	O	D	P
F	T	C		E	U	N	Z	D	C	
S	I	F	C	R	H		A	W	T	A
T	T	R	E	T		I	R	N	R	
D	I	T	E	Z		O	I	H	E	R
E	N	Ü		U	G	E	D	S	Z	T
O	P	Ä	F	Ü	T	.	F	C	R	Ö
T	M	X	S	X	X	G	H	B	M	Q

Caesars letzte Chance

Das Telefon klingelte und Baron Ulrich von Lief riss den Hörer ans Ohr.

„Ja, hallo?“, keuchte er. Der Baron war so aufgeregt, dass er kaum sprechen konnte.

Mit mehreren leisen Klickgeräuschen setzten sich die Geräte in Gang, die die Kriminalpolizei an das Telefon angeschlossen hatte.

Die vier Knickerbocker-Freunde Axel, Lilo, Poppi und Dominik sahen ein Tonbandgerät, ein Kästchen mit blinkenden Lampen und eine Maschine, die mit Tinte seltsame Kurven malte.

„Hören Sie, Baron ... Sie wollen offenbar Ihren Sohn nie wieder sehen!“, krächzte eine Stimme am anderen Ende der Leitung. Sie war verstellt und klang schnarrend und hohl.

„Nein, nein ... bitte, tun Sie Caesar nichts. Ich zahle das Lösegeld!“

„Sie haben heute versucht uns einen Koffer mit Papier zu übergeben“, schnaubte der Anrufer.

„Sagen Sie den Bullen, dass sie Pause haben, und bringen Sie die fünf Millionen zum Rummelplatz. Setzen Sie sich mit dem Koffer in die Geisterbahn ‚Horrorhaus'. Wir holen uns das Geld dort. Und nur damit wir uns richtig verstehen: Das ist Caesars letzte Chance!"

Langsam ließ Baron von Lief den Hörer sinken. Er blickte den Kommissar lange an und sagte leise: „Sie haben alles gehört. Ich will nicht, dass Sie mich beschatten oder versuchen, die Erpresser zu schnappen. Das Leben meines Sohnes ist mir wichtiger!" Der Baron verließ den Wohnsalon, um seiner Frau von dem Anruf zu erzählen.

Einige Minuten vergingen, in denen sich die Kriminalbeamten leise beratschlagten.

Die vier Juniordetektive der Knickerbocker-Bande sahen einander betreten an. Die Sache war sehr ernst und sie hätten dem Baron gerne geholfen, aber diesmal konnten sie nichts tun. Besonders Poppi saß der Schreck in allen Gliedern. Sie hatte für den fünfjährigen Caesar einige Male die Babysitterin gespielt und kannte ihn gut. In der vergangenen Nacht war er aus seinem Kinderzimmer entführt worden.

„Herr Kommissar, was macht dieses Gerät?", fragte Axel und deutete auf die Maschine, die die seltsamen Kurven gezeichnet hatte.

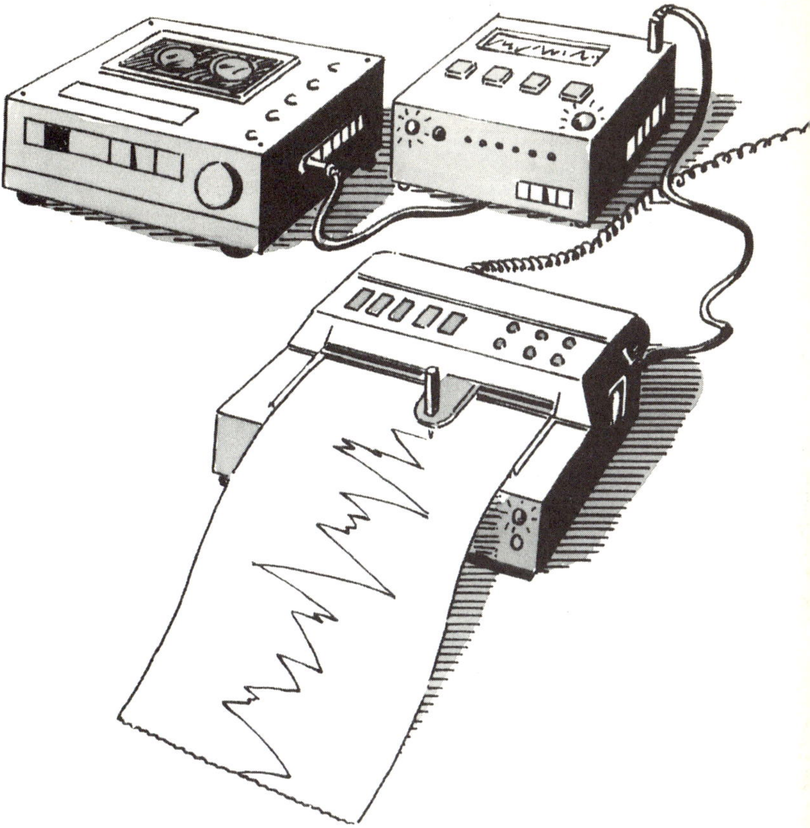

„Das ist ein Sonograf, der uns sozusagen einen Abdruck der Stimme des Erpressers liefert. Auch wenn der Verbrecher seine Stimme verstellt, bekommen wir einige Merkmale, die nur auf seine Stimme zutreffen. Schnappen wir ihn, muss er noch einmal in den Sonografen sprechen, und wir vergleichen die Kurven. Stimmen sie überein, haben wir den Täter."

Lieselotte war nicht entgangen, dass die vier Hausangestellten des Barons hinter ihnen standen und zuhörten. Es war die Kinderfrau, der Koch, der Butler und ein Hausbursche, die alle sehr lange Ohren bekommen zu haben schienen.

„Chef, wir haben festgestellt, dass der Anruf von vorhin aus einer Telefonzelle kam. Sie ist ums Eck!"

Die Kriminalbeamten verließen das Wohnzimmer und die übrigen Anwesenden folgten ihnen.

Als sie zehn Minuten später zurückkehrten, lag der Sonograf zertrümmert auf dem Boden. „Verdammt, wer war das? Wer hat das gemacht?", tobte der Kommissar.

Lilo zog ihn zur Seite und sagte leise: „Ich glaube, es war einer der Hausangestellten, der den kleinen Caesar entführt und angerufen hat. Er hat unser Gespräch belauscht und erkannt, dass er leicht entlarvt werden könnte."

Der Kriminalbeamte nickte und fluchte: „Mist, die Aufzeichnung des Stimmprofils ist weg!"

Lieselotte grinste. „Ist sie nicht, ich war so frech und habe das Papier abgerissen!" Triumphierend schwenkte sie es vor dem Gesicht des Kommissars.

Eine Stunde später war Caesar bereits frei und in den Armen seiner überglücklichen Eltern. Die Polizei hatte die Stimmen der Hausangestellten überprüft und dabei tatsächlich eine Übereinstimmung entdeckt.

Die Knickerbocker wurden von dem sonst eher mürrischen Kommissar sogar gelobt – nachdrücklich!

KRIMI-FRAGE:

Vergleiche die Stimmprofile!
Weißt du, wer der Entführer und Erpresser ist?

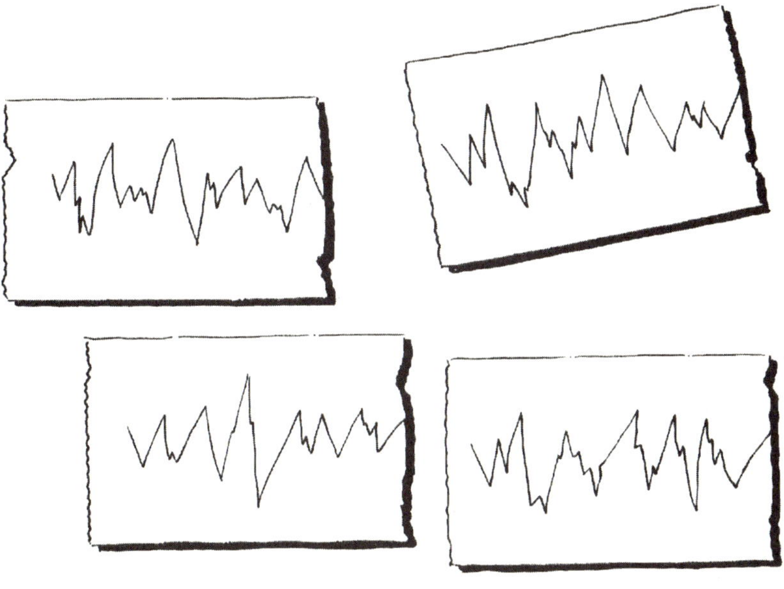

KRIMI-LÖSUNG:

A	S	C	H	J	K	T	Z	I	O	M
E	A	S		E	W	A	A	Ü	R	
D	S	E	R	S		D	K	Q	O	C
H	X	.		A	D	C	I	A	E	
Ü	C	B	E	C	R	V	E	S	I	N
S	V	T	I	J	M	G	M	D	U	N
G	G	E	N	H		T	L	E	I	E
G	H	E	N	I		Z	A	R	U	F
	J	D	E	K	R	U		T	H	A
N	Ü	D	.	M	X	I	X	U	X	G

Lass dich nicht täuschen

Gesucht wird ein Unbekannter, der Brillenträger ist. Du entdeckst mehrere Verdächtige, doch keiner hat eine Brille auf. Nimm nun die Nasen dieser Personen unter die Lupe! Brillenträger haben bei der Nasenwurzel meistens eine Druckstelle, dort, wo die Brille aufliegt.

Oder ist der Verdächtige ein Hutträger? Sind seine Haare rundherum etwa auf Stirnhöhe etwas eingedrückt, hat er höchstwahrscheinlich einen Hut getragen.

Ein weiterer unbekannter Täter soll eine besonders markante Armbanduhr tragen. Aber keiner der Verdächtigen hat eine bei sich. Ein heller Streifen am Handgelenk kann darauf hindeuten, dass der Täter die Uhr abgenommen hat, um keinen Verdacht auf sich zu lenken.

MAXI KRIMI

Kommt ein Drohbrief geflogen

Ein Fall für alle Profis und Meisterdetektive. Lies die Geschichte und betrachte die Bilder genau!

Beantworte die Fragen und schau erst ganz am Ende des Falles nach, ob alle deine Antworten richtig sind. Viel Glück!

Oberförster Sebastian Bux trat wie jeden Tag pünktlich um halb sieben Uhr in der Früh vor sein Haus, gähnte laut und heftig, streckte sich dreimal und stieß dann ein zufriedenes „Joi, joi, joi!“ aus.

Wie jeden Tag begann er anschließend mit seinen Atemübungen, bei denen er große Ähnlichkeit mit einem Walross entwickelte. Er holte tief Luft und hielt den Atem dann einige Sekunden lang an, bevor er schnaubend und blubbernd seine Lungen leerte.

Dabei sah er sich immer prüfend um, ob ihn auch bestimmt niemand beobachtete. Das wäre ihm nämlich sehr peinlich gewesen. Von seinem

Platz vor der Tür aus konnte er die Umgebung genau im Auge behalten. Jeder noch so geschickte Späher wäre ihm sofort aufgefallen.

An diesem Tag fiel sein Blick auf einen Zettel, der neben der Bank aus Birkenholz lag. Er hob ihn auf und las, was darauf stand. Auf einmal fühlte er sich so schwach, dass er sich auf die Bank fallen ließ.

Die Nachricht war hoffentlich nicht für ihn bestimmt. Es stand jedenfalls nirgendwo sein Name darauf. Vielleicht hatte den Zettel auch nur der Wind angeweht. Ja, das war es! Der Wind hatte die Nachricht zufällig zu seinem Haus getragen, bestimmt! Der Oberförster atmete auf.

Trotzdem wollte er etwas unternehmen. Da in dem Brief ausdrücklich davor gewarnt wurde, die Polizei einzuschalten, telefonierte er stattdessen mit Lieselotte. Er kannte sie, weil seine Enkelin mit ihr dieselbe Klasse besuchte.

Lilo versprach sofort nach der Schule zu kommen.

Kopfschüttelnd las sie den Brief und meinte: „Klingt gefährlich. Vielleicht gelingt es mir, etwas über den Briefschreiber herauszufinden."

Oberförster Bux blickte sie überrascht an. „Hast du eine Idee, wer es sein könnte?"

Das Superhirn der Bande schüttelte den Kopf.

„Nein, aber möglicherweise enthält der Brief Hinweise, die uns etwas über den Absender verraten.“

Hier ist der Brief. Was sagst du?

Hotel Waldhof

Mein Här,

Sie wehren gut beraden, wen Sie auf der Stäle einen dreiwökigen urlaub andreten währten. Verlaßßen Sie das Revier unt kerren Sie ehrst nach Aplauv där abgegepennen Vrist zurüg. Anterenfahls kan es geschehenn, das Ir Hauss nicht nur seine Wedder-kazze ferliert. Valls Sie sich zu dieser Zeitt gerade darinn aufhalden, ist es vielleicht auch um Sie geschehen. Dan happen Sie zum lezden Mal am Morrken tief turch-geadmed, Sie Wallros. Wie Sie unschwer erkenen können, meinne ich ess ser gut mit Ihnen!

1. Kann der Briefschreiber gut Deutsch?
2. Hat der Verfasser der Nachricht absichtlich so viele Fehler gemacht?
3. Was will der Briefschreiber damit erreichen?
4. Ist der Briefschreiber ein Mann oder eine Frau?
5. Ist der Stil des Briefes eher umgangssprachlich, eher geschraubt oder klingt die Nachricht wie eine Übersetzung aus dem Englischen?
6. Kennt der Briefschreiber das Haus gut?
7. Kennt der Briefschreiber den Oberförster?
8. Wurde der Brief vom Wind angeweht?
9. Gibt es eine Spur, die auf den Überbringer des Briefes hinweist?
10. Ist der Brief mit Kugelschreiber, Bleistift oder Füllfeder geschrieben?

KRIMI-LÖSUNGEN:

A	S	C	H	J	K	T	Z	I	O	M
1	O	.	J	V	A	V	,	D		D
I	P	E		Ü	N	K	A	C	C	H
R	Ö	I	C	D	H	Ü	T	V		I
S	V	T		F	K	P	L	G	A	R
	C	F	O	E	R	O	M	T	U	L
I	D	E	R	R	T	I	.	Z		2
.	F	J	A	T	,	U		U	Z	W
E	E	I	F	Z	E	Z	L	I	L	O
S	R	.		U	3	T	.	A	E	R
	T	W	I	I	L	R	L	X		D
E	Z	N		S	V	F	E	J	R	D
A	U	C	H	V	T	D		Ä	A	U
F	I		J	C	E	S	M	D	A	N
D	O	E	N	D		G	L	C	E	N
K	P	E	N	F	,	C		V	D	E
R	Ö		N	E	I	Ü	C	G	H	T
	V	G	U	R	T	P		T	D	E
U	C	T	S	T	C	O	H	Z		K
A	D	N	N	Z	.	I		U	4	.
D	F	A	R	U	A	U	U	I	F	
G	E	I	B	I	T	Z		A	E	S
	R	K	E	S	I	T	N	X	E	N
	T	H	I	V	N	R	W	J	E	I
S	Z	.		C	5	F	.	Ä	E	H
E	U	R		D	G	D	E	D	S	C
H	I	R	A	F	U	S	B	C	T	.

A	S	C	H	J	K	T	Z	I	O	M
6	.	T	J	D	A	,	Y		A	S
O	N	R	S	S	T		X	W	S	Ü
S	S	F	T	G	E		Ö	E	X	R
	N	D	I	C	C	H	A	T	D	S
	V	S	O	Ü	N		S	D	F	E
R		G	W	P	E	T	D	T	R	E
R	K	C	A	O	T	Z	C	E	%	
A	U	Ü	F	I		D	V	E	T	M
	D	P	A	U	C	H	G	.	G	
7	.	O	J	Z	A	,	T		B	D
E	R	I		T	H	I	Z	N	N	W
E	I	U	S	R		A	U	U	H	F
	D	T	I	D	E		I	A	A	T
E	M	R	Ü	S	B	U	A	N	S	G
E	N	F		G	B	E	X	W	X	E
I	S	D	T	C		E	J	S	D	.
	8	S	.	Ü	N	E	Ä	I	F	N
,		G	D	P	I	E	S		R	F
A	H	C	N	O	E		D	I	%	S
T		Ü	S	I	C	H	C	L	T	A
F	F	P	.	U		9	V	.	G	U
N	G	O	L	Z	Ü	C	G	K	B	L
I	C	I	H	T	E	R	T	W	N	E
I	S	U	E	R		N	Z	I	H	C
H	T	T	.	D	X	X	<	X	C	Y

A	S	V	G	T	G	K	L	Ö	Ä	I
1	F	0	.	Q	M	R	I	Z	T	
F	R	Ü	L	A	L	F	F	H	E	D
E	G	R	.	Y	X	V	X	N	X	I

Lilo las, was sie sich notiert hatte. Es bestand kein Zweifel daran, dass der Brief für Oberförster Bux bestimmt war. Aber warum sollte er verschwinden?

Herr Bux hatte eine Erklärung: „Vielleicht möchte jemand die Eier der Steinadler stehlen. So ein Ei bringt viel Geld, weil es noch immer Leute gibt, die unbedingt Steinadler als Haustiere halten wollen. Manche richten die Vögel zur Jagd ab. Die Adler stehen unter strengstem Naturschutz, und wer gegen das Gesetz verstößt, kann sogar im Gefängnis landen."

„Haben Sie einen Verdacht, wer es auf die Adlereier abgesehen haben könnte?", erkundigte sich Lieselotte.

Sebastian Bux dachte nach und nannte ihr vier Namen. Lieselotte fragte den Förster aus, schrieb sich auf, was ihm einfiel, und fertigte dazu Skizzen an.

Fritz Tretter, Jäger

Kann den Förster nicht leiden und macht einen großen Bogen um sein Haus. Erzählt überall stolz, dass er in seinem Leben noch kein Buch gelesen hat. Lieblingsbeschäftigung: Saufen.

Gebhard Wind, Hotelbesitzer

Leitet das noble Hotel Waldhof, in dem nur die feinsten Gäste absteigen. Da bei ihm auch Scheichs wohnen, die gerne Falknerei betreiben, könnte er für einen von ihnen die Adlereier besorgen wollen.

Dr. Grünbaum, Arzt

Ein griesgrämiger Typ, der niemanden leiden kann. Ist begeisterter Jäger, sammelt alte Möbel, Schreibinstrumente und Schallplatten.

Stanislav Malev

Kommt aus Russland und ist angeblich Schriftsteller. Wird verdächtigt, in den Wäldern der Umgebung zu wildern. Es konnte ihm aber noch nie etwas nachgewiesen werden.

Lilo knetete ihre Nasenspitze. Wer hatte den Brief geschrieben?

Da knarrte hinter ihnen die Tür und eine junge Frau trat aus dem Haus. Sie war sehr schlank, ging aber ein wenig gebückt. Ihr Gesicht strahlte nicht gerade Fröhlichkeit aus.

„Onkel Sebastian, ich gehe ins Dorf und gebe ein paar Ansichtskarten auf!“, sagte sie.

„Das ist meine Nichte Ilse“, stellte sie der Förster vor.

Die Mädchen gaben sich die Hand und nickten einander zu.

„Ilse hat starke Rückenschmerzen und will sich bei mir ein wenig erholen. Aber ich finde, sie ist selbst schuld. Den ganzen Tag sitzt sie in den stickigen Räumen der Universität und liest in klugen Büchern. Das ist nicht gut. Der Mensch muss auch einmal hinaus in die Natur ...“

Ilse lächelte den Förster liebevoll an und meinte: „Onkel Sebastian, ich habe mir die Wirbelsäule bei einem Sturz verletzt. Deshalb tut mir der Rücken weh. Bitte, gib mir nicht ständig Ratschläge! Sag mir lieber, was ich dir aus dem Dorf mitbringen soll!“

„Wir brauchen Brot, Eier, ein wenig Obst, Kerzen, weil in letzter Zeit oft der Strom ausfällt ... sonst fällt mir nichts ein“, meinte Sebastian Bux.

„Bleistifte und Kugelschreiber kaufe ich auch. Ich habe überall nach einem Stift gesucht, weil ich doch die Karten schreiben musste, aber im ganzen Haus keinen gefunden!“ Ilse hauchte dem Förster einen Kuss auf die Wange und ging.

Lilo knetete noch immer ihre Nasenspitze.

„Ich werde tun, was der Briefschreiber fordert!“, meinte der Förster.

Damit war Lilo jedoch nicht einverstanden. Sie glaubte mittlerweile zu wissen, wer Sebastian Bux den Brief geschrieben hatte.

KRIMI-FRAGE:

Wen verdächtigt Lilo?

KRIMI-LÖSUNG:

I	L	Y	S	V	E	:	H		Z	S
I	E	X		B	M	U	V	S	A	S
T	E	S		G	M	I	R	T	Y	
F	Ü	D	L	T	L	F	T	E	X	D
E	R	C		Z	S	C	Z	H	U	R
E	I	V	B	U	E	N	L		I	U
N	D	B		I	H	A	H	T	L	T
E		G	D	L	I	E	Ö		H	M
Ö	G	T	L	H	I	C	D	H	Ö	K
E	I	Z	T	Ö	,		Ä	I	D	H
R	E	U	N	T		O	A	N	Ä	K
E	L	I		Z	B	E	Q	I	A	
S	E	L	I	U	N	E	V	N	Q	
M	O	H	R	I	G	E	I	N	V	D
L	I	Ö	C	L	H	E	O	N	I	
A	T	D	E	H	M	Ü	L	B	O	U
N	G	Ä	E	Ö	N		H	Z	L	U
	B	A	E	D	O	B	V	A	H	C
H	T	Q	E	Ä	N	.	R	B	V	P

Zu spät?

Sebastian Bux konnte nicht glauben, was Liese-lotte ihm sagte. Das war doch nicht möglich! „Und was soll ich jetzt machen?“, fragte er ratlos.

„So tun, als würden Sie verreisen. Sie bleiben aber in der Nähe und lassen die Adler nicht aus den Augen!“, meinte das Superhirn.

Widerstrebend willigte der Förster ein. Er packte noch am selben Nachmittag die Koffer und Ilse brachte ihn zum Abendzug. Sie verabschiedete sich liebevoll von ihrem Onkel, der vorgegeben hatte, eine schwer kranke Freundin zu besuchen.

Herr Bux fuhr bis zur nächsten Station und stieg dort aus. Dabei geschah es. Er rutschte auf einer Bananenschale aus, stürzte und brach sich ein Bein. Es war ein komplizierter Bruch und er würde mindestens zwei Wochen im Krankenhaus bleiben müssen.

Lilo erfuhr erst drei Tage später von dem Unglück. Da der Förster starke Schmerz stillende Mittel bekommen hatte, war es ihm unmöglich gewesen, sie früher zu verständigen. Er beschrieb dem Superhirn der Bande den Ort, wo die Adler zu finden waren. „Bitte geh hin und schau, dass nichts geschieht! Ich könnte es mir nie verzeihen, wenn die Eier geraubt werden!“

Lieselotte versprach mit ihren Freunden den Adlerhorst ständig im Auge zu behalten – sofern es nicht schon zu spät war!

Die Bande brauchte drei Stunden bis zur Felswand, in der die Adler brüteten. Schon von weitem sahen sie, dass ihnen jemand zuvorgekommen war. Hatte der Eierdieb schon zugeschlagen?

Betrachte das Bild auf den Seiten 54/55 genau und beantworte die Fragen!

1. Soll hier ein Zelt aufgestellt werden?
2. Wurde über der Feuerstelle bereits etwas gekocht?
3. Ist die Person, die hier lagert, gerade in die Felswand eingestiegen?
4. Wollte die Person auch jagen?
5. Ist die Person, die den Knickerbockern zuvorgekommen ist, nur kurz weggegangen, um etwas zu holen?
6. Hat ein Kampf stattgefunden?
7. Wie viele Personen waren in den Kampf verwickelt?
8. Woher ist der Angreifer gekommen: von oben, von links oder von rechts?
9. Hat sich die Person langsam entfernt oder ist sie davongelaufen?
10. Wer wollte die Eier stehlen?

KRIMI-LÖSUNGEN:

A	S	D	E	W	Q	Y	X	C	V	B
1	Q	.	J	A	A	Q	,	H		D
I	Y	E		Y	H	F	E	N	R	I
N	A	G	E	X		V	S	H	I	N
D	D		S	C	C	B	H	J	O	N
	C	E	I	V	N	N	G	K	E	S
C	V	H	L	B	A	H	G	V	E	N
.	G		2	N	.	J	N	Ö	E	I
N	O	,		M	E	K	S	O		I
S	I	T		J	K	L	E	I	I	N
	J	V	E	K	R	Ö	K	U	O	H
L	K	T	E	L	S	O		Z	H	O
L	L	Z		Ö	Z	I	U	Y		S
E	Ö	H	E	Ä	N	U	.	Q		3
.	F	N	E	P	I	Z	N	H	,	
D	C	A	S	Y		Y	S	N	E	I
L	V		L	X	I	Q	E	H	G	T
	F	D	A	C	.	F		J	4	.
J	Y	A	,	V		V	H	K	I	N
T	A	E	R	B		B	D	V	E	N
	D	S	T	N	E	N	I	Ö	N	E
N	C		L	M	I	H	E	O	G	T
	V	E	I	J	N	J		I	G	E
W	G	E	H	K	R	K	.	U	X	X

A	K	X	C	P	Q	V	Ü	H	B	U
5	L	.	N	Y	E	Ö	I	N	N	,
	Ö	S	I	X	E	O		H	I	S
T	F		M	C	I	I	T	J		I
H	C	R	E	V	M	U		K	R	U
C	V	K	S	B	A	Z	C	V	K	
U	F	N	T	N	E	Y	R	Ö	W	E
G	Y	S	.	M		Q	6	O	.	J
A	A	.		J	7	F	.	I	N	U
R	D		E	K	I	V	N	U	E	,
D	C	I	E	L		B	F	Z	U	S
S	V	A	B	Ö	D	N	R	Y	Ü	C
K	G	E		Ä	V	H	E	Q	R	R
A	O	T	E	P	N	J		H	E	S
.	I		8	Y	.	K	V	N	O	N
	J	O	B	X	E	V	N	H	:	
E	K	I	N	C	E	Ö	R	J		D
E	L	R		V	A	O	D	K	L	E
R	Ö		H	B	A	I	T	V		A
N	F	G	E	N	G	U	R	Ö	I	F
F	C	E	N	M	.	Z		O	9	.
D	V	A	V	J	O	Y	N	I	G	E
L	F	A	U	K	F	Q	E	U	N	.

A	C	X	D	P	V	T	Z	U	I	O
1	V	0	.	Y	I	S	L	W	S	E
:	G		S	X	I	X	E	S		H
A	O	T		C	I	D	H	X	R	E
	I	S	P	V	A	C	N	Y	G	E
	J	V	E	B	R	V	L	A	O	R
E	K	N	.	A	Y	X	S	D	C	V

Lilo hatte den Fall gelöst. Die Adler waren wieder sicher.

Der Bigfoot

Geheimbotschaften

Auch in diesem Bericht sind wieder einige Fehler versteckt, die dir das Versteck eines Schatzes angeben.

Gibt es den Bigfoot wirklich? Treibt sich tatsächlich ein behaarter Waldmensch in den amerikanischen Wäldern umher?

In Amerika gibt es Bigfootjäger, die alles daransetzen, das Wesen zu knipsen oder zumindest zu sehen. Mister Dahinden zum Beispiel widmet sein Leben seit Jahren der Suche nach dem Waldmenschen und hat ihm sogar ein Denkmal errichten lassen.

Vor einiger Zeit gingen Fotos eines Bigfoot-Welbzehns um die Welt. Das haarige Wesen flüchtete vor dem Kilometer in den Wald und drehte sich noch einmal kurz um, bevor es im Dickicht verschwand.

Ein südkanadischer Goldsucher namens Albert

Ostman behauptet, von einem Bigfoot entführt worden zu sein, als er einmal in seinem Schlafsack im Wald übernachtete. Er will durch heftiges Rütteln erwacht sein und bemerkt haben, dass ihn ein Bigfoot in seinem Schlafsack durch den Wald zerrte. Der Goldsucher gab an, drei Tage lang von dem Bigfoot und seiner Familie gefangen gehalten worden zu sein. Er hatte nicht schießen wollen und die Wesen schließlich ausgetrickst, indem er ihnen Schnupftabak vor Gesicht blies und flüchtete.

In Miami in New Jersey entdeckte ein Ehepaar 43 Zentimeter lange Fußspuren vor seinem Haus. Am nächsten Tag starrte jemand unter das Fenster ins Wohnzimmer. Die Eheleute ließen nun regelmäßig Essensreste vor dem Haus liegen, die auch verzehrt wurden. Als sie einmal darauf vergaßen, schleuderte der Bigfoot vor Wut eine Mülltonne gegen die Wand. Der Mann gab einen Seefahrer ab und unter das Fenster ins Wohnzimmer. Die Eheleute ließen nun regelmäßig Essensreste vor dem Haus liegen, die auch verzehrt wurden. Als sie einmal darauf vergaßen, schleuderte dem Bigfoot vor Wut eine Mülltonne gegen die Wand. Der Mann gab einen Seefahrer ab und verscheuchte den Bigfoot damit für immer.

Wer einen Bigfoot gesehen zu haben glaubt, ist

felsenfest von der Existenz des Waldmenschen überzeugt. Viele halten ihn für einen Schwindel. Der Bigfoot ist eines der großen Denkmal, die wir Menschen noch immer nicht lösen konnten.

KRIMI-FRAGE:

Wo ist der Schatz versteckt?

KRIMI-LÖSUNG:

Z	E	A	H	G	N		B	K	D	I
L	O	X	M	X	E	T	X	E	R	R
V	O	Y	R	Z		M	G	I	S	A
M	I	X		J	U	N	H	T	X	E
R		C	D	L	E	M	N		Y	S
E	E	V	F	Ö	A	H	J	R	A	E
R	D	B	E	Ü	N	K	I	M	Q	A
L	.	G	Ö	Y	X	X	C	X	R	T

Delfin in Gefahr

AM TATORT

Poppis Tierschutzklub hatte es geschafft. Endlich war das Geld beisammen, um den Delfin Oskar freizukaufen. Im engen Becken des alten Delfinariums litt das Tier Höllenqualen. Oskar sollte im Flugzeug nach Amerika gebracht und dort in einem Seepark wieder an das Leben im offenen Meer gewöhnt werden.

Doch als die Tierschützer das Geld übergeben wollten, machte Poppi eine schreckliche Entdeckung. Jemand hatte gerade versucht, das Tier zu vergiften. Der Giftmischer war maskiert gewesen und hatte entkommen können.

Ist der Delfin schon verloren? Schau dich am Tatort um und beantworte folgende Fragen!

1. Wurde das Gift schon an den Delfin verfüttert?

2. Wozu wurden der Schraubenzieher, der Hammer und der Meißel gebraucht?

3. War der Giftmischer ein Mann oder eine Frau?

4. Sollte das Wasser oder der Delfin direkt vergiftet werden?

5. Hat der Delfin in letzter Zeit Aufsehen erregt?

6. Wer wollte Oskar vergiften?

DELFINARIUM
ULTRAMARIN
Ein Unternehmen von Hannelore Auerhahn

KRIMI-LÖSUNGEN:

1	.	W	N	Q	E	I	C	N	D	,
D	I	S	E	A		D	P	O	F	S
E		X	I	S	S	T	L		T	N
O	C	D	H	X		V	Q	E	Z	R
S	C	E	H	C	L	O	A	S	H	S
E	N	R	.	D		2	S	.	J	U
M		F	D	F	I	E	X		U	D

O	S	C	E	T		Z	C	U	I	
Ö	F	V	F	Z	N	E	D	N	K	,
	W	B	E	H	I	L	F		L	D
E	R	G		J	D	O	T	S	Ö	E
N	Ö	T	F	U	F	N	Z	E	N	R
	K	Z	A	I	P	U	H	T	M	T
I	S	H	T	K	.		J	3	K	.
E	I	N	N	L	E		U	F	P	R
A	U	M	:	Ö		A	I	U	Ü	F
	D	W	E	N	M		K	T	D	I
S	C	S	H	M		L	L	I	F	E
G	E	X	N	K		I	Ö	H	T	R
E		D	R	P	I	N	N	G	Z	E
.	X	E	X	Ü	X	W	E	Q	A	Ü

4	.	F	D	F	E	R	J		U	D
E	L	C	F	T	I	N	U	.	I	
D	A	V	S	Z		G	I	I	K	F
T		B	S	H	O	L	K	L	L	T
E		G	I	J	N		L	D	Ö	I
E		T	F	U	I	S	Ö	C	N	H
E		Z	G	I	E	S	N	T	M	E
C	K	H	T	K		W	Z	E	K	R
D	E	N	N	L	.		H	5	P	.
J	A	M	,	Ö		S	J	C	Ü	H
A	U	W		N	A	U	U	F	D	
D	I	S	E	M		Z	I	E	F	I
T	U	X	N	K	G	!	K		T	6
.	H	D	A	P	N	N	L	E	Z	L
O	R	E	E	Ü		A	Ö	U	H	E
R	H	R	A	D	H	N	N	.	J	
S	I	F	E	F		W	Z	O	U	L
L	T	C	E	T		D	H	I	I	E
	V	V	E	Z	R	S	J	I	K	C
H	E	B	R	H	U	N	U	G	L	S
S	U	G	M	J	M	E	I		Ö	K
A	S	T	S	U	I	E	K	R	H	E
N	.	Z	U	I	N	G	L	S	J	S

Kennst du dich mit Tieren aus?

DETEKTIV TEST

1. *Warum wälzen sich Hunde in Kuhfladen?*

a) Weil sie der Gestank stört und sie ihren Geruch hinterlassen wollen.

b) Um ihren eigenen Geruch zu überdecken und sich bei anderen Hunden interessant zu machen.

2. *Was hat es zu bedeuten, wenn Katzen mit dem Schwanz wedeln?*

a) Dass sie bald angreifen werden.

b) Dass sie nicht wissen, was sie tun sollen. Will eine Katze nach draußen und regnet es, steht sie zwischen zwei Möglichkeiten. Sobald sie sich für das trockene Zimmer oder den Streifzug durch ihr Revier im Regen entschieden hat, hört sie mit dem Schwanz zu schlagen auf.

3. *Warum tanzen Bienen?*

a) Weil sie dadurch ihren Artgenossen mitteilen, wo es Futterquellen gibt.

b) Weil sie erst nach diesem Tanz den Honig in die Waben füllen können.

4. *Wieso züngeln Schlangen?*
a) Weil sie auf diese Art Gerüche wahrnehmen.
b) Weil sie so den Boden abtasten.

5. *Weshalb fürchten sich Mäuse und Goldhamster, wenn man sie von oben schnell mit der Hand packt?*
a) Weil sie ihre Rückenhaare davor warnen, von einem Stein erschlagen zu werden.
b) Weil sie die Hand für einen Raubvogel halten, der sie reißen will.

6. *Woran kann man das Alter eines Pferdes erkennen?*
a) An den Zähnen
b) An den Hufen
c) An den Haaren der Mähne

7. *Vor dir auf dem Weg liegt eine Schlange. Du musst unbedingt an ihr vorbei. Was tust du?*
a) Du stampfst mit dem Fuß heftig auf. Das Beben des Bodens wird die Schlange verscheuchen.
b) Du nimmst einen Stock und wirfst die Schlange damit ins nächste Gebüsch.

8. Was bedeutet es, wenn ein Pferd die Oberlippe hebt und „flehmt“?

a) Es fletscht die Zähne, um zu drohen und „Feinde“ abzuschrecken.

b) Es nimmt einen ungewohnten Geruch wahr und möchte ihn möglichst genau erschnuppern.

9. Was bedeutet es, wenn Kaninchen, Hasen und Meerschweinchen Luftsprünge machen?

a) Sie machen sich zur Flucht bereit.

b) Sie wollen andere Tiere beeindrucken.

10. Was hat es zu sagen, wenn Fische im Zickzack schwimmen?

a) Sie versuchen, ihre Feinde zu verwirren.

b) Sie wollen einem Weibchen imponieren.

KRIMI-LÖSUNGEN:

1	.	G	B	I	.		J	2	A	.
B	.	T		J	3	.	U	A	S	.
	4	%	.	H	A	.	Z		X	5
.	B	R	.	Z		6	T	.	C	A
.		F	7	I	.	A	G	.	F	
8	.	D	B	O	.		B	9	R	.
B	.	S		L	1	0	N	.	7	B
.	X	A	X	V	X	V	K	D	B	E

TESTAUSWERTUNG

7–10 richtige Antworten:
Du bist ein großartiger Tierkenner!
5–6 richtige Antworten:
Du kennst Tiere gut!
4 oder weniger richtige Antworten:
Du bist kein Tierexperte, hast durch diesen Test aber sicher viel dazugelernt.

Geheimtinten

Zum Schreiben verwende eine geeignete Feder oder ein zugespitztes Streichholz.

Und hier sind die Tinten, die in deinem Knickerbocker-Geheimversteck nicht fehlen dürfen:

Zitronensaft: Saft auspressen und durch eine Kaffeefiltertüte tropfen lassen. Um die Zitronensaft-Tinte sichtbar zu machen, muss man das Blatt Papier über einen Heizkörper halten oder mit einem Bügeleisen erwärmen. Die Schrift erscheint dann braun.

Zwiebelsaft: Verarbeite eine Zwiebel mit einer Küchenreibe zu Brei. Den Brei drückst du durch ein Sieb. Der Saft ist die Geheimtinte. Sichtbar wird die Zwiebel-Tinte auf dem Papier auf die gleiche Art wie die Zitronensaft-Tinte, allerdings erscheint sie schwarz.

Wachs: Du formst aus einem weißen Kerzenrest einen Stift und schreibst damit.

Zum Entziffern bestreicht man die Botschaft mit wässriger Tinte oder streut Kakaopulver darauf.

Spucke: Wenn du mit Spucke schreibst, nicht zu fest aufdrücken und gut trocknen lassen.

Der Empfänger muss die Botschaft mit stark verdünnter Tinte bestreichen. Er sollte dafür einen ganz weichen Pinsel verwenden. Achtung: Die Buchstaben verwischen leicht.

Entflogen oder gestohlen?

„Silvester gehört mir! Wer etwas anderes behauptet, ist ein dreckiger Lügner!“, tobte Arnold Schütt. Drohend hielt er seine Krücken in die Luft. „Ich habe im Moment zwar zwei gebrochene Beine, aber ich bin nicht wehrlos, das sage ich euch!“

Die vier Mitglieder der Knickerbocker-Bande traten einige Schritte zurück. Sicher war sicher. „Jaja, wir glauben Ihnen, Herr Schütt!“, versuchte Poppi den Mann zu beschwichtigen.

Er saß in einem Polstersessel neben einem leeren Papageienkäfig und war völlig aufgebracht. „Silvester ist ein besonders seltener Papagei, ein so genannter Ara, und er beherrscht 32 Wörter. Das ist Rekord!“, erzählte der Mann. „Ich besitze ihn erst seit einer Woche und habe gestern aus Versehen die Käfigtür offen gelassen. So konnte Silvester entkommen. Er ist fortgeflogen und ihr müsst ihn mir zurückbringen!“

Die Juniordetektive versprachen, ihr Möglichstes zu tun.

Axel und Lieselotte setzten sich auf ihre Fahrräder und fuhren los. Sie kämmten die Gegend rund um das Häuschen von Herrn Schütt genau ab und fragten alle Leute. Doch keiner hatte den großen Vogel mit dem rot-blau-gelben Federkleid gesehen.

Dominik und Poppi machten sich ebenfalls auf

die Suche. Allerdings gingen sie zu Fuß und widmeten sich eher den Häusern der Nachbarschaft. Das Mädchen hatte den Verdacht, dass jemand den wertvollen Papagei behalten wollte und der Ara vielleicht schon in einem anderen Käfig saß.

„Poppi, sieh doch nur!“, stieß Dominik hervor und deutete aufgeregt in eine Wohnung im Erdgeschoss eines Hauses, an dem sie gerade vorbeigingen. Durch das offene Fenster konnten die beiden Knickerbocker einen roten Ara sehen, der sich in einem großen Käfig vergnügt mit seinem Futter beschäftigte. Die Juniordetektive klopften an die Wohnungstür, aber niemand antwortete.

„Die Tür ... ist offen!“, bemerkte Poppi.

Sie traten ein und riefen „Hallo!“, aber niemand antwortete. Also marschierten sie ins Wohnzimmer.

„Sollen wir ihn sofort mitnehmen?“, fragte Dominik.

Poppi untersuchte den Käfig und stellte fest, dass er völlig neu war.

„Was habt ihr hier zu suchen?“, schnauzte eine grimmige Stimme hinter den beiden. Sie drehten sich um und sahen eine ziemlich kräftige Frau, die sie erbost anstarrte.

„Regen Sie sich nicht so auf! Der Papagei gehört Ihnen nicht, und es ist höchste Zeit, dass Sie

ihn dem wahren Besitzer zurückgeben!“, sagte Dominik seelenruhig.

Die Frau schien fast zu platzen.

„Wer behauptet das? Der bekloppte Schütt vielleicht? Der will mir nur eins auswischen und ihr seid auf seine billigen Lügen hereingefallen! Der Papagei gehört mir. Ich habe ihn vor einer Woche bekommen!“

Poppi und Dominik blickten einander ratlos an. Damit hatten sie nicht gerechnet. Plötzlich aber tauchte in Poppis Kopf ein Bild auf. „Herr Schütt und diese Frau können einander nicht ausstehen, das ist klar. Und ich weiß auch, wer von beiden gelogen hat und wem Silvester bestimmt nicht gehört!“

KRIMI-FRAGE:

Wer hat gelogen?

KRIMI-LÖSUNG:

Q	L	F	V	D	R	T	Z	U	I	O
H	Ä	E	R	C	R	K		W	S	C
H	D	Ü	T	Ü	T	6	.	Ä		M
A	C	N		P	K	Ü	A	N	N	N
	A	D	I	O	E	K		B	K	Ä
F	S	I	G	I	T	L	Ü	V	R	E
	D	N	I	U	C	Ö	H	G	T	
A	C	U	S	Z	V	U	E	F	R	S
E	V	H	E	T	N	I		D	O	F
F	G	E	N	R		R	L	S	A	S
S	T	E	N	F	:	%		A	S	I
E	Z		H	D	A	T	T	Q		E
I	U	N	E	S	N	G		G	S	C
H	I	L	I	G	E	B	S	F	S	M
E	A	C	H	C	A	N	N	D	I	S
M	Ä	U	S	G	.	B	X	S	X	X

Der Schatz am Meeresgrund

MAXI KRIMI

Es war Käpten Holger Hensons großer Tag und die Knickerbocker-Bande durfte dabei sein.

„Hier, seht euch das mal an. Die Kette aus Tigeraugen!“, sagte er geheimnisvoll und zeigte den vier Juniordetektiven ein Bild in einem uralten Buch.

„Wäääää, eine Kette aus Tigeraugen. Das ist ekelig!“, brummte Poppi.

Der Kapitän lachte. „Poppi, das sind keine echten Tigeraugen, sondern besondere Edelsteine. Sie sehen aus wie die Augen eines Tigers und sind sehr, sehr selten und äußerst wertvoll. Seit 520 Jahren liegen sie an dieser Stelle auf dem Meeresgrund und ich werde sie heute wieder ans Tageslicht befördern!“

Käpten Henson war Schatzsucher. Den halben Winter verbrachte er in Bibliotheken, in denen er Berichte über alte Schiffe, ihre Fahrtrouten und ihre Ladung aufstöberte und zu entziffern versuchte. Auf diese Weise hatte er von einigen großen Segelschiffen erfahren, die in Stürmen gesunken waren und ihre kostbare Fracht auf den Meeresgrund mitgenommen hatten.

Mit seinem eigenen Schiff, der Bloody Mary, fuhr der Kapitän dann zu den Stellen, wo er die gesunkenen Schiffe vermutete. Gemeinsam mit zwei Helfern tauchte er hinab und suchte so lange, bis er endlich ein Wrackteil gefunden hatte. Oft dauerte das Tage, Wochen oder sogar Monate. Mehrere Male war der Schatzsucher auch mit leeren Händen nach Hause zurückgekehrt.

Diesmal war alles anders. Er hatte die Lucinda aufgespürt, die vor der afrikanischen Küste untergegangen war und zahlreiche Truhen mit Goldmünzen an Bord gehabt hatte. Vor allem aber hatte sich auch eine Schatulle aus Metall in ihren Lagerräumen befunden, in der einem Hinweis zufolge die wertvolle Tigeraugen-Kette aufbewahrt worden sein sollte. Käpten Henson hatte sich die Bergung der ursprünglich für eine spanische Königin bestimmten Kette bis zum letzten Tag aufgehoben. Es sollte der Höhepunkt der Expedition sein.

Der Schatztaucher legte seinen Gummianzug und die Pressluftflaschen an und ließ sich ins Wasser plumpsen. Eine halbe Stunde später erschien er an der Wasseroberfläche und streckte triumphierend das schwere, riesige Geschmeide in die Höhe. Es bestand aus zahlreichen wuchtigen Gold- und Silberscheiben, in deren Mitte die daumennagelgroßen Edelsteine angebracht waren. Das Schmuckstück strahlte und glitzerte im Sonnenlicht.

Poppi nahm es dem Schatzsucher ab. „Darf ... ich ... darf ich es einmal anlegen?“, fragte sie.

Käpten Henson war einverstanden. Poppi öffnete die Schließe und ließ sie hinter ihrem Hals einrasten. Sie fühlte sich wie eine Königin.

Als der freudestrahlende Käpten an Bord kletterte, zog ihn Lieselotte zur Seite. „Kapitän, haben Sie der Mannschaft vor Beginn der Reise von den Augen des Tigers erzählt?“

Der Schatzsucher verstand nicht ganz, worauf Lilo hinauswollte. Er überlegte kurz und nickte dann. „Wann? Vor ein paar Wochen?“, fragte das Superhirn nach. Mister Henson nickte abermals. „Jaja, ich fahre immer mit denselben Leuten. Aber wieso interessiert dich das?“

Lilo blickte sich kurz um. Sie spürte, dass sie von den beiden Tauchern beobachtet wurde. „Sage ich Ihnen später“, meinte sie. Aber später sollte es zu spät sein ...

KRIMI-FRAGE:

Was ging Lieselotte durch den Kopf?

Die richtige Antwort bringt dir

KRIMI-LÖSUNG:

D	A	E	R	H		E	V	D	E	R
D	S	A	C	N	H	W	T	M	,	
D	F	A	S	J	S	F		L	D	I
E	E		K	M	E	V	T	Q	T	E
	D	G	E	G	G		E	Ö	N	
E	C	I	N	H	E	D		:	F	Ä
L	G	S	C	L	H	G	U	Ä	N	G
	B	A	U	O	S	B	G	P	E	T
A	H	U	S	P	C	N	H	O	T	
W	U	U	R	Ö	D	H	E	Ü	:	
D	J	A	S	T		K	S	!	I	L
B		E	R	Ü		F	D	S	Ü	R
F	G	T	E	K		E	N	W	A	C
H	B		S	I	O	L		Q	L	A
N	H	G	E		R	W		D	Z	E
I	N	T		D	N	Ö	I	C	C	H
T	D		G	W	L	K	Ä	B	N	Z
E	E	N	,	F		;	U	F	N	D
	W	D	I	W	E	J		H	S	C
H	!	L	I	S	E	!	S	Z	S	E
	S	F	U	Q	N		K	G	T	I
O	C	N	I	I	E	F	R	R	T	
Z	D	U		I	G	G	U	E	T	.

„He, Lilo, du siehst aus, als hättest du soeben wieder eine heiße Spur entdeckt!“, rief Axel quer über das Deck. „Was gibt es? Einen neuen Fall? Irgendetwas Verdächtiges?“

Lieselotte hätte ihren Kumpel für diese Bemerkung am liebsten ins Wasser geworfen. Die Augen der beiden Taucher, die Käpten Henson halfen, schienen sie fast zu durchbohren. Für Lilo war das ein eindeutiger Hinweis darauf, dass da jemand Dreck am Stecken hatte. Allerdings gab es keine Beweise ...

„Was ist los, Lilo? Wieso schaust du so komisch?“, fragte Axel. „Weil ich mir gerade überlegt habe, was ein Hai macht, wenn er dich sieht!“, antwortete Lilo schlagfertig. „Was denn?“, wollte Axel wissen. „Er macht kehrt, weil er sich mit so kleinen Portionen wie dir nicht den Appetit auf etwas Großes verdirbt!“

Peng! Das hatte gesessen! Axel wurde rot vor Wut. Er hasste es, wenn sich jemand über seine Größe lustig machte. Schnaubend jagte er Lieselotte quer über das Schiff, bis schließlich beide im Wasser landeten.

Die Abkühlung sorgte dafür, dass sich der Streit in schallendes Gelächter auflöste.

Später, es war mittlerweile dunkel geworden, raunte Lilo Käpten Henson zu: „Ich würde sie gerne sprechen. Unter vier Augen. In einer Viertelstunde an Deck.“ Der Schatzsucher war überrascht, versprach aber zu kommen.

Das Mädchen stand an der Reling und starrte auf das Meer hinaus. Der Mond war aufgegangen und hatte einen silbrigen Glanz auf die Wellen gezaubert. Halb voll war er bereits wieder. Ein leiser Wind strich über das Wasser und die Luft roch nach Salz und Fischen.

Hinter Lieselotte knarrte eine Tür. Dann überquerte jemand mit schweren Schritten das Deck. Für das Superhirn stand fest, dass es sich um Käpten Hensen handeln musste, sonst wusste ja niemand von dem Treffen an Deck.

Plötzlich wurde das Mädchen von zwei kräftigen Händen gepackt und über Bord geworfen. Alles ging so schnell, dass Lilo nicht einmal mehr schreien konnte. Mit einem lauten Platschen landete sie im Meer.

Schnell verschwand der Unbekannte wieder durch die Tür und lief nach unten.

Vier Minuten später kam der Käpten selbst aus dem Bauch des Schiffes und sah sich suchend um. Wo blieb Lieselotte? Hatte sie nicht hier auf ihn warten wollen?

„Hilfe! Hilfe!“, kam da die Stimme des Oberhaupts der Knickerbocker-Bande. Sie klang leise und weit entfernt. Der Käpten verstand das nicht. „Wo bist du, Lilo?“, rief er. „Ich bin über Bord gegangen“, meldete das Mädchen. „Beim Hauptsegel . . . backbord!“ Der Kapitän stürzte zur Reling und starrte ins dunkle Wasser. Tatsächlich! Dort hing Lilo an einem dünnen Seil, das am Metallgeländer befestigt war. Käpten Henson holte eine Strickleiter, an der das Superhirn nach oben klettern konnte.

„Ich ... hätte wissen müssen, dass der Dieb versuchen wird, mich loszuwerden“, seufzte Lieselotte. „Zum Glück hatte ich dieses Seil zwischen den Fingern, als ich ins Wasser gestoßen wurde. Sonst ... na ja ... sonst wäre die Bloody Mary ohne mich weitergefahren und ich wäre Haifutter geworden!“

Sie berichtete dem Kapitän, was ihr aufgefallen war. „Einer der Taucher muss mit der Sache zu tun haben“, meinte Mister Henson. „Sonst war niemand am Meeresgrund ... Ich hätte gemerkt, wenn eine der Ausrüstungen verwendet worden wäre.“

Das triefnasse Mädchen stieg nach unten, um sich umzuziehen. Als sie mit trockenen Sachen wieder aus der Kajüte der Knickerbocker-Bande kam, hörte sie Käpten Henson wettern und toben. Sie lief zum anderen Ende des Ganges, wo eine

Tür offen stand. Vorsichtig spähte das Mädchen hinein, achtete aber darauf, dass sie selbst nicht gesehen wurde.

Der Käpten stand vor den beiden Tauchern und schrie. Der eine, sein Name war Walter, spielte mit seinen Zehen, die aus den Sandalen ragten, murmelte immer wieder etwas von einer großen Ungerechtigkeit und meinte, dass er dieses Misstrauen nicht verdient hätte. Der andere – er hieß Harry – starrte mit finsterer Miene auf die Spitzen seiner schweren Schuhe und brummte verärgert vor sich hin. Was er sagte, konnte Lilo nicht verstehen.

Während Käpten Henson weiter auf seine Helfer einbrüllte, kam Lilo ein Gedanke: „Stehlen wäre einfacher gewesen, aber der Trick mit der Fälschung war besser. So wäre niemand auf die Idee gekommen, nach dem Original zu suchen." Die echte Kette musste sich an Bord befinden.

Das Superhirn überlegte, in welcher Kabine die Taucher untergebracht waren. Als Lilo die richtige Tür erreichte, ging ihr ein Licht auf. Nun wusste sie, in wessen Sachen sie nach den Tigeraugen suchen musste …

KRIMI-FRAGE:

Wer hat die Tigeraugen?

KRIMI-LÖSUNG:

E	F	E	W	S	D	V	G	J	U	L
E	S	S		D	W	D	A	G	R	
H	C	A	R	V	R	F	Y		:	
S	E	E	I	G	N	V	E	B		S
C	R	H	U	Z	H	S	E	H		H
A	F	B	E	U	N			U	I	H
N	H		V	I	E	G	R	K	R	A
T	B	E	N	M	.	T		L		

Für die richtige Antwort gibt es

Jagd auf den Krötenmann

Die vier Mitglieder der Knickerbocker-Bande waren voll im Einsatz. Poppi hatte sie alle zum „Krötendienst“ verdonnert. Sie mussten in der Nacht die an der Landstraße aufgestellten Krötenzäune abgehen, die die Tiere davor schützten, die Fahrbahn zu überqueren und dabei unter die Räder zu kommen.

Die Kröten plumpsten auf ihrer Wanderung in eingegrabene Eimer, die die Helfer herausnahmen und zum nächsten Teich trugen. Dort konnten die Tiere dann ungestört laichen.

„Das sind die Letzten für heute!“, stöhnte Poppi, als sie und ihre Freunde gerade zu ihrer zehnten Tour aufbrachen.

Sie mussten einen Bahndamm überqueren, auf dem um diese Zeit normalerweise kein Zug mehr unterwegs war. Doch als die Bande diesmal den Damm erreichte, tauchten drei Lichter auf.

„Vorsicht, da kommt was!“, warnte Axel seine

Kumpel. Die vier blieben stehen und warteten, bis der kurze Zug vorbei war.

Als der letzte Waggon an ihren Nasen vorüberbrauste, beobachtete Dominik, wie ein schwarzes Bündel aus einem der Fenster flog. Es kullerte den Abhang hinunter und blieb ein paar Schritte entfernt liegen. „Was ist denn das?“, wunderte sich der Junge.

Die Juniordetektive liefen los und fanden eine schwere Tragetasche. Sie zogen den Reißverschluss auf und konnten nicht glauben, was sie sahen: Die Tasche war bis zum Rand mit Geldscheinen gefüllt.

„Was haltet ihr davon?“, fragte Axel verblüfft.

Lilo sagte nichts, sondern zog ihre Kumpel zur Seite. „Schnell in Deckung!“, zischte sie.

Die Knickerbocker verschwanden in der Dunkelheit.

Es dauerte nicht einmal eine Minute, da löste sich eine schwarze Gestalt aus der Finsternis und rannte auf die Tasche zu. Der Unbekannte trug eine billige Krötenmaske und eine grüne Sportjacke. Er schnappte sich die Tasche und hetzte davon.

„Hinterher!“, gab Lilo das Kommando.

„Spinnst du?“, fragte Dominik. „Der ist vielleicht bewaffnet!“

10

Das Superhirn wollte den Unbekannten allein verfolgen, ließ es dann aber bleiben. Es war zu spät. Er hatte sich längst aus dem Staub gemacht.

Aus der Zeitung erfuhren die vier, was hinter der Sache steckte. Ein Erpresser hatte Metallsplitter in Babynahrung gemischt und die Gläser auf verschiedene Supermärkte verteilt. Er hatte für die Einstellung seiner Wahnsinnstaten einen Millionenbetrag gefordert und die Besitzer der Supermarktkette hatten sich bereit erklärt, die Summe zu zahlen. Das Geld war an der bestimmten Stelle aus einem Sonderzug geworfen worden. Die Eigentümer hatten darauf verzichtet, die Polizei einzuschalten.

„Da ist uns ein dicker Fisch oder besser gesagt eine dicke Kröte durch die Lappen gegangen!", seufzte Lieselotte.

Eine Woche später gab es eine überraschende Wendung. Poppi und Lieselotte gingen in den Supermarkt, um Cola, Knabbereien und andere Köstlichkeiten für eine große Knickerbocker-Party einzukaufen. An der Kasse packte Poppi ihre Freundin plötzlich am Arm, deutete auf jemanden und flüsterte. „Lilo, schau! Der Erpresser ...! Das kann doch kein Zufall sein!"

Die Mädchen verständigten die Polizei, die

nach wenigen Minuten eintraf und die Person festnahm. Es handelte sich tatsächlich um den Erpresser! Poppi hatte die Krötengestalt wieder erkannt.

KRIMI-FRAGE:

Wer ist der Erpresser?

KRIMI-LÖSUNG:

D	I	Q	E	J		K	Q	A	Q	S
S	I	A	E	H	R	E	A	R	A	I
N	.	M		S	S	I	S	E	S	
T	R	D	Ä	F	G	T	D		F	D
I	E	E	S	D	E	L	F	B	F	E
	A	R	R	C	M	B	G	A	C	N
D	U	T	H	X	R	.	H	X	X	X

Knotenbotschaft

Für diesen Trick brauchst du ein langes Stück Schnur und ein langes Lineal oder ein Maßband. Jeder Zentimeterangabe ordnest du einen Buchstaben zu: A = 1 cm, B = 2 cm, C = 3 cm …

Dann machst du einen Knoten in die Schnur, den du bei null anlegst. Den nächsten Knoten schlägst du auf der Höhe des ersten Buchstabens deiner Nachricht. Diesen Knoten legst du wieder bei null an und an der Stelle des nächsten Buchstabens knüpfst du den nächsten Knoten und so weiter.

Der Schummeltrick-Verräter

Lieselotte kicherte vergnügt und biss in ihr Paprika-Brot. Ihre gute Laune hatte freilich nichts mit dem Brot zu tun: Viel lieber aß sie die Obstsalat-Sandwiches der Frau des Schulwarts, aber an diesem Tag gab es keine.

Lilo freute sich auf die nächste Stunde, obwohl ein Bio-Test auf dem Stundenplan stand. Geprüft wurde das Wissen über Spinnen und Krebse. Lilo kannte sich bei diesen Tieren nicht im Geringsten aus, aber diesmal musste sie sich keine Sorgen machen.

Bertram, der bereits zweimal sitzen geblieben war, hatte einen genialen Plan entwickelt. Die Seiten aus dem Bio-Buch, die geprüft wurden, waren von ihm fotografiert worden. Er hatte davon Dias herstellen lassen und seitlich hinter der Tafel einen Projektor versteckt. Mit Hilfe einer Fernsteuerung konnte er den Projektor in Gang setzen und die Seiten an die gegenüberliegende Wand werfen. Sie waren verzerrt und lichtschwach, aber dennoch zu erkennen.

Frau Professor Gürteltram, der Bio-Lehrerin, würde nichts auffallen. Falls sie sich umdrehen sollte, wollte Bertram den Projektor einfach ausschalten.

Die Schulglocke läutete und Frau Professor Gürteltram betrat die Klasse. Sie teilte die Testblätter aus und zwitscherte dann mit zuckersüßer Stimme: „Und bevor ihr anfangt, hätte ich vom lieben Bertram gerne die Steuerung des Diaprojektors!“

Dieser Satz war für die Schüler wie eine kalte Dusche. Verblüfft starrten sie die Lehrerin an.

„Ihr habt eine undichte Stelle in der Klasse“, erklärte die Professorin hämisch. „Jemand hat gesungen, wie man so schön sagt. Dieser Jemand hat sich dadurch eine bessere Note erhofft, die er selbstverständlich nicht bekommt.“

Es war ein schwarzer Tag für die Klasse. Alle hatten sich auf den Schummeltrick verlassen.

Die Schüler kochten vor Wut. Wer war der Verräter?

„Ich mache Hackfleisch aus ihm!“, drohte Kurt, der in seiner Freizeit am liebsten Ringen trainierte.

Das Superhirn der Knickerbocker-Bande hörte

sich ein wenig um. Es wollte die undichte Stelle aufspüren.

„Das war bestimmt Nicole“, sagte Susi zu Kurt. „Die blöde Kuh muss sich immer einschleimen.“

Kurt hatte einen anderen Verdacht. „Ich tippe eher auf Erwin. Als ich mir mein Obstsalat-Sandwich gekauft habe, stand er gerade beim Lehrerzimmer.“

Jochen mischte sich ein und brachte einen neuen Verdächtigen ins Spiel. „Markus war es“, sagte er bestimmt. „Der Saukerl versucht sich einfach alles zu erschleichen, was er nicht kaufen kann ...“

Lieselotte dachte eine Weile nach, was sie nun tun sollte. Sie kannte den Verräter, aber sie wollte ihn nicht der Klasse ausliefern. Sie beschloss, ihn ein wenig zu erpressen – auf die nette Art.

Er musste eine Party geben, bei der alles geboten wurde – sozusagen als Wiedergutmachung.

KRIMI-FRAGE:

Wer war der Verräter?

KRIMI-LÖSUNG:

Q	L	F	V	D	R	T	Z	U	I	O
K	Q	U	R	R	T	D	.	P		E
S	A		G	T	A	F	B	O		A
N	S		D	F	I	R	E	I	S	E
M	D		T	V	A	E	G	U		K
E	F	I	N	R	E	S		Z	O	B
S	G	T	S	E	A	D	L	T	A	T
S	X	A	N	X	D	X	W	X	I	C
H	J	E	S	X	.	G	X	B	X	X
A	S	D	F	R	T	Z	U	Ä	I	Ö

Der rasende Roboter

Poppis Vater hatte einen Freund und Kollegen, der sich mit dem Bau von Robotern befasste. Es handelte sich dabei aber nicht um menschenähnliche Wesen aus Blech wie in Zeichentrickfilmen, sondern um komplizierte technische Geräte, die wie fahrende Schränke mit Türen, Fächern und Lämpchen aussahen.

Professor Alfons hieß der Techniker, der die Maschinen konstruierte und die Probemodelle in seiner eigenen Werkstatt anfertigen ließ. Seine neueste Entwicklung war ein Roboter, der in Gärtnereien das Gießen und Unkrautjäten übernehmen sollte. Ein japanisches Unternehmen war an diesem Gartenroboter sehr interessiert und hatte deshalb um eine Vorführung gebeten.

Durch Zufall traf Poppi Professor Alfons am Tag vor dem Besuch der Japaner, und als er ihr von dem neuen Roboter erzählte, wollte sie ihn unbedingt einmal in Aktion sehen. „Manchmal könnte ich nämlich auch so einen Roboter gebrauchen, der meine Tiere füttert und spazieren führt!", sagte sie. Da sie mit ihren Knickerbocker-Freunden oft unterwegs war, wurde ihr nämlich manchmal die Zeit sehr knapp.

„Komm doch mit Axel, Lilo und Dominik morgen zu mir!", lud sie Professor Alfons ein. „Der Gartenroboter wird um 15.00 Uhr in Betrieb gesetzt."

Poppi nahm die Einladung gerne an.

Endlich war es dann so weit. Die Besucher aus Japan, die sich dutzende Male verneigt und jede Menge höfliche Sachen gesagt hatten, waren im Halbkreis angetreten und warteten gespannt. Die Knickerbocker waren hinter ihnen auf umgedrehte Kisten geklettert, damit ihnen auch bestimmt nichts entging.

Die Vorführung fand in einem kleinen Glashaus statt, das Professor Alfons eigens für diesen Tag hatte aufbauen lassen.

Um Punkt drei begann die Vorführung. „Meine Damen und Herren, Ladies und Gentlemen. Es ist mir eine große Ehre, Ihnen den Gartenroboter Antonius I. vorstellen zu dürfen."

Der Professor machte eine Handbewegung gegen die offene Tür hin, durch die ein Ding gefahren kam, das wie eine kleine Tonne auf Rollen aussah. Hinter sich schleifte Antonius I. ein Kabel nach.

„Dieses Kabel ist bei unserem Testmodell notwendig, da Antonius mit Strom versorgt werden muss. Geht der Gartenroboter in Serie, können ihm starke Batterien eingesetzt werden“, erklärte der Erfinder. „Und nun wird Antonius I. mit der Pflege der Pflanzen beginnen.“

Antonius I. schien aber etwas ganz anderes vorzuhaben. Aus einer Düse an seiner Vorderseite kam nämlich ein harter Wasserstrahl, der die japanischen Geschäftsleute von Kopf bis Fuß nass spritzte. Dann setzte sich der Roboter in Bewegung und begann die Pflanzen auszureißen. Mit scharfen Messern und zischenden Schlingen verarbeitete er seine Beute zu winzigen Schnipseln.

Professor Alfons war entsetzt und versuchte das Gerät zu stoppen, aber er schaffte es nicht.

„Fritz!“, brüllte er. „Fritz, stellen Sie den Strom ab! Schnell!“

„Mach ich, Chef!“, antwortete Fritz.

Antonius I. wütete schrecklich. Er wühlte in den Pflanzenkästen und schleuderte die Erde heraus, er zertrümmerte die Tröge und Töpfe und näherte sich dabei zusehends den Japanern und der Knickerbocker-Bande.

Schreiend suchten die vier Freunde und die Geschäftsleute hinter den Kisten Deckung. Doch diese boten kaum Schutz und würden von Antonius bald mit ein paar schnellen Bewegungen zu Kleinholz verarbeitet werden.

„Fritz! Drehen Sie endlich den Strom ab!", tobte der Professor mit hochrotem Kopf.

Ein großer junger Mann mit strubbeligem Haar erschien in der Tür. „Ich habe den Hauptschalter auf null gestellt. Auf dem ganzen Grundstück gibt es keinen Strom mehr, Chef. Aber der Roboter reagiert nicht!"

Lieselotte sah sich nach einem Fluchtweg um. Der durch den Raum tobende Antonius verstellte ihnen den Weg nach draußen. Die Bewegungen des Roboters wurden immer wilder und der Wasserstrahl war bereits so stark, dass er die Scheiben des Glashauses durchschlug. Wie ein klirrender Regen rieselten die Splitter auf den Boden.

Professor Alfons war außer sich. Seine Geschäftsfreunde und die vier Juniordetektive würden Opfer des Roboters werden. Er rannte auf das mechanische Ungetüm zu und versuchte es umzuwerfen, aber Antonius hielt stand. Er setzte sich gegen den Angriff zur Wehr, indem er um die eigene Achse zu rotieren begann und dabei den scharfen Wasserstrahl wie ein Schwert durch die Luft zischen ließ.

Lieselotte entdeckte auf dem Boden einen Hammer, den ein Handwerker liegen gelassen haben musste. Sie hob ihn auf und zerschlug damit die Glasscheibe hinter sich.

Die japanischen Gäste und die vier Freunde stürzten ins Freie.

Der Gartenroboter aber randalierte noch einige Zeit, bis plötzlich Rauch aus ihm aufstieg … Ruckend blieb er stehen.

Professor Alfons sah wie ein begossener Pudel aus und daran war nicht nur das Wasser schuld. Er wusste, dass die Japaner seinen Roboter nun niemals kaufen würden. Einer seiner höflichen Gäste sagte leise: „Sie bauen keine dienstbaren Maschinen, sondern Monster. Wir danken für die Einladung."

Als die Besucher das Grundstück verließen, war klar, dass sie nicht so bald wiederkommen würden.

„Ich … ich kann mir das nicht erklären. Ich verstehe das einfach nicht! Jemand muss heimlich an Antonius I. herumgebastelt haben!", sagte der Professor.

Ob einer seiner Konkurrenten dahinter steckte? Es gab noch andere Erfinder, die sich auf Roboter spezialisiert hatten …

In seinem Büro lag bereits der erste Hinweis auf

den Täter. Professor Alfons fischte ein Blatt aus dem Faxgerät, überflog es und reichte es den Knickerbocker-Detektiven.

* * * TAGESBERICHT * * * 000 +++DATUM * * * 000 UHRZEIT 15.06 ***000+++

ALFONS, SIE AAS

ANDERE WOLLEN AUCH LEBEN UND GESCHÄFTE MACHEN. LEGEN SIE EINE PAUSE EIN, SONST GESCHIEHT NOCH SCHLIMMERES.

Der Professor blickte die vier Freunde Hilfe suchend an. „Was soll ich machen? Wenn sich herumspricht, was meine Roboter anrichten können, bin ich ruiniert. Ich habe keine Ahnung, wer das Fax geschickt haben könnte. Klugerweise hat der Unbekannte bei seinem Gerät weder seine Telefonnummer noch seinen Namen eingegeben. Normalerweise stehen diese Daten nämlich in der Sendezeile."

Lieselotte zog die Augenbrauen hoch und meinte: „Ich glaube, ich habe eine Spur, die uns zu demjenigen führt, dem Sie das alles zu verdanken haben …“

KRIMI-FRAGE:

Was meint Lieselotte?

KRIMI-LÖSUNG:

F	R	Q	I	P	T	Z	T		B	H
A	T	A		O	D	E	F	N	J	
S	T	S	R	I	O	M	R		I	N
I	C	D	H	U	T			A	F	B
G	E	F	D	J	R	E	F	H	D	T
,		F	S	K	O	N	D	S	S	T
	W	B	Ä	V	R	E	S		D	D
A	S	R		R	F	A	C	X	E	
N	I	T	C	E	H	T	V		R	A
N	G	Z	E	D	K	O	Ä	M	F	M
E	N	U	.	X	X	X	Q	X	C	J
A	S	D	F	G	W	E	R	T	Z	U

Heißes Eis

mini KRIMI

Die vier Knickerbocker-Freunde saßen in Francescos Eissalon und löffelten seine kühlen Köstlichkeiten.

Francesco war für drei Sachen berühmt: Sein Salon war immer sehr sauber, er selbst war der ordentlichste Mensch der Welt und seine Portionen galten als die größten der Stadt.

An diesem Tag hatte der Mann aber ein Problem und bat die Bande um Hilfe. „Stellt euch vor, ich bin das Alibi für einen Bankräuber, aber ich bin sicher, dass an der Geschichte etwas faul ist!“, erzählte er.

Francesco zog eine Zeitung heraus und zeigte auf ein Foto.

„Das ist Emil Zalatnik. Er wird verdächtigt, eine Bank überfallen zu haben. Aber er hat für die Tatzeit ein perfektes Alibi!“ Francesco holte ein Sofortbild hervor, das Herrn Zalatnik vor seinem Lokal zeigte. „Genau zu dem Zeitpunkt, als die

Seite 13

FALSCHE SPUR

Bisher war die Polizei davon überzeugt gewesen, daß Emil Zalatnik der Räuber war, der am vergangenen Mittwoch die Sparkasse am Hauptplatz überfallen hat. Emil Z. konnte für die Tatzeit aber ein Alibi vorlegen. Er befand sich im Eissalon Francesco und kaufte dort eine Riesentüte Schokoladen-, Zitronen- und Himbeereis.
Der Besitzer des Eissalons bestätigte, Emil Z. gesehen zu haben. Außerdem gibt es ein Sofortbild, das im Zuge einer Werbeaktion geknipst wurde.

Bank ausgeraubt wurde, war der Kerl bei mir. Er hat ein Eis gekauft. Und zufälligerweise ist eine junge Frau aufgetaucht, die neue Sofortbildkameras vorführte. Sie hat dieses Foto geknipst und mir gegeben. Ein zweites bekam Zalatnik. Ein perfektes Alibi!“

Axel verstand nicht ganz. „Warum regst du dich darüber so auf?“

„Das sind mir zu viele Zufälle“, erklärte Francesco. „Ich bin sicher, dass sich jemand als Zalatnik verkleidet hat. Der Kerl trug eine Sonnenbrille und der Bart war vielleicht angeklebt. Aber das ist nur ein Gefühl. Ich habe keinen Beweis."

Den hatte auch keiner der Knickerbocker. Überhaupt zweifelten sie an Francescos Verdacht.

In ihrem Bandenversteck betrachteten die vier noch einmal das Foto und lasen den Artikel.

Plötzlich meldete sich Dominik zu Wort und meinte: „Francesco hat Recht. Das war ein Doppelgänger, der von Zalatnik in den Eissalon geschickt wurde. Ich kann es beweisen!“

KRIMI-FRAGE:

Was ist Dominik aufgefallen?

KRIMI-LÖSUNG:

B	G	T	Z	U	I	O	P	Ü	V	G
Z	Q	A	L	T	A	A	T	V	N	I
K	A		K	F	A	S	N	R	N	
K	S	E	I	V	N	D		E	Z	I
T	D	R	O	R	N	F	E	D	N	E
I	F	S		E	G	G	E	T	G	E
S	F	S	E	D	N	H		F	H	A
B	B	E	N	F	.	J		V	F	R
A	Q	N	C	G	E	S	S	R	C	O
	A	B	O	H	T	A		E	A	M
T	S	A	G	J		S	D	D	E	R
	D	A	U	S	F	D	N	F	A	H
M	F	E		T	D	F	I	V	E	S
E	F		S	F	O	G	R	R	T	E
	B	N	I	V	C	H	H	E	T	
A	Q	N	.	R	X	J	X	D	X	X

Keine Spuren hinterlassen!

KNICKER BOCKER TRICK

Nimm einige dünne Äste eines Strauches und binde sie mit einem Stück Schnur zu einem kleinen Besen zusammen. Damit kannst du deine Spuren verwischen!

Du kannst dir auch große Blätter oder Rindenstücke an die Schuhe binden. Das verfälscht deine Spuren sehr.

Eine weitere Möglichkeit ist die ***SPURENWISCHWALZE***. Schlage in ein Stück Baumstamm (es sollte mindestens 40 Zentimeter lang und 15 Zentimeter dick sein) viele Nägel. Lass sie ungefähr so weit herausstehen, wie dein Daumen dick ist. Binde links und rechts am Stamm eine Schnur fest. Diese Walze kannst du auf lockerem Boden hinter dir her ziehen und so deine Spuren verwischen.

Das Höllenkonzert

Axel saß in seinem Baumversteck und beobachtete durch das Fernglas das Haus von Günther Löffel, das er von seinem Ausguck großartig überblicken konnte. Günther Löffel war ein guter Freund seines Vaters und ein großer Musikliebhaber. Er veranstaltete viermal im Jahr ein Hauskonzert, zu dem er alle seine Freunde einlud. Auch Axels Vater und Axel selbst durften da nicht fehlen.

Da bei den Konzerten immer nur Kompositionen von Herrn Löffel gespielt wurden, die in Axels Ohren schaurig klangen, mochte der Knickerbocker diese Vergnügungen überhaupt nicht. Doch Herr Löffel war ein wichtiger Geschäftspartner seines Vaters, und deshalb musste Axel jedes Mal mitkommen.

Diesmal war es dem Juniordetektiv jedoch gelungen, dem Konzert zu entfliehen. Er hatte eine schwierige Prüfung erfunden, für die er lernen musste. Dennoch wollte er die Gesichter der Leute sehen, die den Kunstgenuss über sich ergehen lassen mussten. Axel vermutete nämlich, dass sich auch für ihre Ohren die seltsame Musik wie das Kreischen einer Säge ausnahm.

Im Augenblick war zwar von den Gästen noch nichts zu sehen, aber die Musiker trafen bereits ein. Als Erste kamen drei Geiger mit ihren Geigenkästen. Der Schlagzeuger führte seine Trommeln sogar auf einem kleinen Wagen bis vor die Haustür. An der Form der Instrumentenkästen konnte Axel den Trompeter und den Tubaspieler erkennen. Alle, die nur eine kleine Tasche hatten, spielten wahrscheinlich Querflöte oder Klarinette. Fröhlich seinen Tragekoffer schwenkend, kam nun der Kontrabassspieler. Er pfiff vergnügt vor sich hin und steuerte mit leichtem Schritt dem Haus zu. Er schien von allen am besten aufgelegt zu sein. Schließlich hielt ein Möbelwagen und zwei Klaviere, eine Harfe und ein Instrument, das aus vielen Klangstäben bestand, wurden geliefert.

Dummerweise hörte Axel dann die Stimme seines Vaters, der streng nach oben in das Baumversteck rief: „So schlau wie du bin ich schon lange. Komm auf der Stelle runter, mein Sohn! Du denkst wohl, ich falle auf jeden Trick herein. Du hast gar keine Prüfung mehr!“

Es war zu spät um abzuhauen. Axel war beim Schwindeln ertappt worden, und er wusste, dass sein Vater da besonders empfindlich reagierte. Zur Strafe musste Axel nach Hause laufen, sich in einen feinen Anzug zwängen und mit strahlender Miene zum Konzert erscheinen.

Der Abend war so schlimm, wie Axel es erwartet hatte. Herr Löffel hatte diesmal eine Sinfonie komponiert, die wie eine Mischung aus sieben quietschenden Türen, einem Zahnarztbohrer, einem Nagel auf Glas und kreischenden Kreiden auf der Schultafel klang.

Axel ließ seine Blicke von einem Musiker zum anderen schweifen. Sie schienen mit Herrn Löffels Musik vertraut zu sein. Die Geiger fiedelten, der Schlagzeuger widmete sich seinen Trommeln, die beiden Klavierspieler droschen in die Tasten, die Bläser gaben ihr Bestes. Eine blonde Frau wühlte in den Saiten der Harfe und ein kleiner Mann ließ mit einem faszinierten Lächeln die an Glocken erinnernden Stäbe erklingen, während sein Nachbar einer Triangel silbern schwebende Töne entlockte.

Der Applaus am Ende der Höllensinfonie war laut. Schließlich waren alle Gäste Geschäftspartner von Herrn Löffel und wollten ihn nicht verärgern.

„Und nun bitte ich Sie in das obere Stockwerk,

wo ich meine neueste Anschaffung ausgestellt habe!", sagte der Komponist ein wenig angeberisch. „Es handelt sich um eine Stradivari-Geige aus dem Jahre 1712, deren Wert von internationalen Experten mit drei Millionen beziffert wird."

Mit Ausrufen der Begeisterung strömten die Gäste in das Obergeschoss, wo Herr Löffel eine schreckliche Entdeckung machte. Die Geige war aus der Vitrine gestohlen worden.

„Aber wie ist das möglich? Außer mir und meinen Mitarbeitern, denen ich voll vertraue, war niemand in meiner Villa. Ich habe die Geige vor drei Stunden aus dem Tresor geholt und in die Vitrine gelegt."

„Paps, gut, dass ich in meinem Baumversteck war!", sagte Axel leise zu seinem Vater. „Ich habe einen Verdacht. Versprichst du mir, dass das mein letzter Abend bei Herrn Löffel war, wenn meine Vermutung sich bestätigt?"

Sein Vater versprach es und Axel nannte ihm einen Musiker, der ihm höchst verdächtig erschien.

Axels Vermutung traf zu. Und sein Vater hielt Wort: Es war das letzte Höllenkonzert gewesen, das der Knickerbocker über sich hatte ergehen lassen müssen.

KRIMI-FRAGE:

Wer erschien Axel verdächtig?

KRIMI-LÖSUNG:

D	E	Q	R	K		K	E	O	A	N
T	R	A	A	L	B	A	R	S	T	S
S	P	S	I	O	E	L	T	E	Z	R
.		D	E	P	R	S	Z	T	U	E
N	S	E		Ü	W	A	U	R	I	
S	E	R	I	Ö	N		H	K	X	A
S	T	T	E	Ä	N		J	Z	Q	U
	L	Z	E	K	I	C	I	H	A	T
.		U	Z	K	W	E	K	I	S	T
E	N	H	S	L		F	L	E	D	H
L	T	J	E	O		D	O	A	E	S
	I	I	N	P	S	T	P	R	R	U
M	E	K	N	Ü	T		Ü	B	T	E
I	M	L		Ö	K	O	Ö	N	Z	Z
E	R	O	T	Ä	.		Ä	D	U	E
R		P	M	K	A	N	K	N	H	
S	P	Ü	I	K	E	L	L	T	J	E
	T	Ö	R	L	I	A	O	N	T	G
E	L	Ä	.	O	X	X	P	X	Z	B

Rund um die Welt

DETEKTIV TEST

Stell dir vor, du verfolgst einen Millionendieb und es gelingt dir, ihn zu belauschen. Weißt du, wohin er flüchten will, wenn du nur einen der folgenden Sätze hörst?

Errätst du es, bekommst du drei Punkte für jede richtige Antwort. Wer sich auf Seite 118 einen Tipp holt und dann die Lösung findet, bekommt einen Punkt.

DIEB 1: „… Morgen Abend kann ich mir schon ein flottes Musical am Broadway anschauen. Super! …“

DIEB 2: „… Hoffentlich gibt es eine Seilbahn auf den Zuckerhut. Ich soll am Gipfel meinen Auftraggeber treffen und ihm die Beute übergeben, habe aber keine Lust zu einer Kletterpartie. Das wäre mir viel zu anstrengend …“

DIEB 3: „… Soll das heißen, dass ich vier Wochen bei den Eisbären verbringen muss, Boss? Gibt es keinen wärmeren Ort, an dem ich mich verstecken kann? …“

DIEB 4: „… Verstanden, ich komme nach Hollywood und treffe Sie beim Chinesischen Theater …“

DIEB 5: „… Von diesem Land weiß ich nur, dass es dort Tiger gibt und die Elefanten kleine Ohren haben. Hahaha …“

DIEB 6: „… Warum treffen wir uns nicht auf dem Eiffelturm? Dort ist immer viel los …“

DIEB 7: „… Es gibt doch jetzt einen Tunnel unter dem Ärmelkanal. Da kann ich in drei Stunden schon an der Themse entlang spazieren …“

DIEB 8: „… Ich weiß viel über die Stadt. Dort gibt es doch ein rundes Theater, in dem blutige Gladiatorenkämpfe stattgefunden haben …“

DIEB 9: „… Die Inseln haben doch nicht nur kurzen Hosen, sondern auch einem gefährlichen Gebiet den Namen gegeben, oder? Ja, auf einer der Inseln stand früher ein Koloss. Heute ist nichts mehr von ihm zu sehen …"

DIEB 10: „… Ganz in der Nähe stehen die berühmten Pyramiden, nicht wahr? …"

DIEB 11: „… Wozu wollen Sie mich einladen? Zum Sushi-Essen? Sushi ist doch roher Fisch mit Reis, igitt! Womit habe ich das nur verdient …"

DIEB 12: „… Können Sie sich nicht deutlicher ausdrücken, Mister Ypsilon? Sie halten sich zurzeit im Heimatland der Bernhardiner auf, das habe ich verstanden …"

DIEB 13: „… Treffpunkt im Hafen, gut. Ich wollte schon lange einmal die Stadt sehen, weil es dort mehr Brücken als in Venedig geben soll. Und die Kanäle heißen Grachten. Leider verstehe ich kein Wort Holländisch …"

KRIMI-LÖSUNGEN:

A	Y	S	D	E	T	G	H	J	K	L
D	Q	I	E	E	B	A	1	K	:	
N	A	E	W	R		T	Y	L	O	R
K	S	.		T	D	Z	I	O	E	B
2	D	:		Z	R	U	I	P	O	
D	E	E		U	J	I	A	Ü	N	E
I	R	R	O	H	.	X		Ö	D	I
E	T	B	3	J	:	Q		Ä	N	O
R	Z	D		I	P	A	O	K	L	A
R	U	G	E	K	B	S	I	K	E	T
.	H		D	L	I	D	E	L	B	4
:	J		L	O	O	E	S	O		A
N	I	G	E	P	L	R	E	P	S	.
	K	D	I	Ü	E	T	B	Ü	5	:
	L	I	N	Ö	D	Z	I	Ö	E	N
.	O		D	Ä	I	U	E	Ä	B	6
:	P		P	K	A	H	R	K	I	S
.	Q		D	R	I	A	E	K	B	7
:	A		L	T	O	T	N	L	D	O
N	S	.		Z	D	Z	I	O	E	B
8	D	:		U	R	U	O	P	M	.
	E	D	I	H	E	I	B	Ü	9	:
	R	B	E	J	R	X	M	Ö	U	D
A	T	S	.	I	X	Q	X	Ä	X	X

W	S	F	U	X	I	O	Q	Ö	K	A
D	U	I	E	L	B	S	1	K	0	:
	H	K	A	O	I	D	R	L	O	.
	J	D	I	P	E	E	B	O	1	1
:	I		J	Ü	A	R	P	P	A	N
.	K		D	Ö	I	T	E	Ü	B	1
2	L	:		Ä	S	Z	C	Ö	H	W
E	O	I	Z	K	.	U		Ä	D	I
E	P	B	1	R	3	H	:	K		A
M	Q	S	T	T	E	A	R	K	D	A
M	A	.	X	Z	X	T	X	L	Q	A

Wie viele Punkte hast du gesammelt?

TIPP

Es geht um:

die Bermudas

New York

Rom

Japan

Kairo

die Schweiz

Amsterdam

Paris

London

Los Angeles

Rio de Janeiro

das Nordpolargebiet

Indien

TESTAUSWERTUNG

29 oder mehr Punkte:
Du bist ein echter Städte- und Länderprofi!
20–28 Punkte:
Du kennst dich ziemlich gut aus!
15–19 Punkte:
Ein durchschnittliches Ergebnis: Es würde dir sicher nicht schaden, mehr über fremde Städte und Länder zu wissen!
10–14 Punkte:
Na ja, du wirst nicht immer ans Ziel kommen.
Weniger als 10 Punkte:
Vorsicht, gleich verlierst du dich!

Prügel für Peter

mini KRIMI

Peter hatte es nicht einfach. Er wurde ständig verspottet. Viele aus Axels Klasse nannten ihn „Brillenschlange“, weil er eine sehr starke Brille tragen musste, die seine Augen verzerrte. Andere nannten ihn „Mümmelmann“, weil er vorstehende Hasenzähne hatte, andere wiederum „Skelett“, weil er so dünn war, oder „Segelflieger“, weil seine Ohren weit abstanden. Axel fand die Spötteleien widerlich und verteidigte Peter, wann immer er konnte.

Der Knickerbocker wusste aus eigener Erfahrung, wie erniedrigend Spott sein konnte. Oft hatte er sich deshalb mit anderen geprügelt, bis er eines Tages zu einer anderen Taktik gegriffen hatte. Axel hatte zu trainieren begonnen. Er war immer ein guter Sportler gewesen, aber bald übertraf er alle und gewann sogar Jugendmeisterschaften. Seither war ihm der Respekt seiner Klassenkameraden sicher.

Neuerdings hatte Peter Liebeskummer. Er war total in Hilde verknallt, die von ihm aber nichts wissen wollte. Sie fand Peter zwar sehr nett, fürchtete aber, von den anderen ausgelacht zu werden, wenn sie mit ihm ging.

Es war an einem Mittwoch, als Peter und Axel gemeinsam mit einigen anderen aus der Klasse von der Schule nach Hause gingen. Plötzlich trat ein groß gewachsener Bursche aus einer Einfahrt und pflanzte sich vor Peter auf. Er war mindestens zwei Köpfe größer und bestimmt Stammgast in einem Fitness-Center. Seine Muskeln ließen daran keinen Zweifel.

„Tag, Brillenschlange! Wie wär's mit einer Tracht Prügel!", stänkerte er. Die anderen Jungen und Mädchen wichen erschrocken zurück.

Axel wollte Peter helfen, aber aus irgendeinem Grund stolperte er, als er auf die beiden zutrat. Am Boden liegend, beobachtete er, wie Peter mit zitternden Fingern seine Brille in die Brusttasche des Hemdes steckte und die Fäuste ballte. „Komm her, wenn du dich traust!", sagte Axels Schützling leise.

Schon im nächsten Augenblick tobte eine wilde Schlägerei. Die beiden Jungen boxten aufeinander ein, rollten über den Gehsteig, keuchten, schnaubten und ächzten.

Schließlich bekam Peter die Oberhand und verpasste dem Riesen einen Haken, der diesen taumeln ließ. Der Muskelprotz hielt sich das Kinn und wimmerte: „Das hätte ich nicht gedacht!" Mit großen Schritten rannte er davon.

Alle, die den Kampf verfolgt hatten, klopften nun Peter anerkennend auf den Rücken. Der Sieger zog lässig die Brille aus der Hemdtasche und setzte sie auf. „Bis morgen!", sagte er dann und schlenderte davon. Hilde beeilte sich ihn einzuholen. Peter hatte sich wie ein Held benommen und das musste sie ihm unbedingt sagen.

Am Nachmittag telefonierte Axel mit seinem Schulfreund und kam schließlich zum Grund seines Anrufs: „Ich verrate es bestimmt niemandem, aber die Schlägerei war doch nicht echt! Du hast einen Typen gebeten, dass er mit dir eine Schau abzieht. Stimmt's?"

Nach langem Schweigen gab Peter den Schwindel zu. „Woran hast du das bemerkt? Haben wir etwas falsch gemacht?"

„Ja, etwas hast du nicht bedacht!", lachte Axel.

KRIMI-FRAGE:

Was meint der Juniordetektiv?

KRIMI-LÖSUNG:

D	I	S	E	W		B	H	R	W	I
L	L	A	E	Q		I	J	N	S	
D	E	Y	R	A		B	K	R	X	U
S	T	X	T	S	A	S	P	C	C	H
E		D	W	D	A	R	O		D	G
A	N	E	Z	E		G	I	E	E	B
L	I	R	E	U	B	E	Ü	N	R	.

Ergebnis

Wie viele Lupen hast du gesammelt?

43–38 Lupen:
Du bist ein Meisterdetektiv und Super-Knickerbocker.

37–32 Lupen:
Du bist ein Super-Knickerbocker.

31–26 Lupen:
Du bist ein echter Knickerbocker.

25–20 Lupen:
Du wirst in die Knickerbocker-Bande aufgenommen.

Weniger als 20 Lupen:
Löse noch einmal viele Krimis aus diesem Buch und trainiere mit deinen Knickerbocker-Freunden. Bald wirst auch du ein Meisterdetektiv und Super-Knickerbocker werden!

So schreibst du Geheimbotschaften:

➔ Lege die Karte auf ein Blatt Papier und ziehe links und rechts an den Kanten Linien.

➔ Schon kannst du zu schreiben beginnen. Schreibe Buchstabe für Buchstabe von links nach rechts in die Löcher. Ist eine Zeile voll, die Karte ein Stück weiter nach unten schieben.
ACHTUNG: Die freien Plätze zwischen den Wörtern mit einem kleinen Punkt markieren!

➔ Wenn du fertig bist, nimm die Karte weg. Füge nun irgendwelche Buchstaben bunt gemischt zwischen den Buchstaben deiner Botschaft ein. Dadurch wird sie verschlüsselt. **ACHTUNG:** Wo ein Punkt ein leeres Feld markiert, keinen Buchstaben hinschreiben. Sonst wird es zu verwirrend.

Auflösung von Seite 4:

Als die vier den Zeichenwettbewerb einer Lederhosenfirma gewannen und einander bei der Preisverleihung kennen lernten.

Als Ravensburger Taschenbuch
Band 6120
erschienen 2000

Der Band enthält eine Auswahl aus
„Heiße Spuren für Meisterdetektive. Ratekrimis Band 4"
und „Bleib auf der heißen Spur. Ratekrimis Band 5"
von Thomas Brezina, erschienen 1994 und 1995
bei hpt-Verlagsgesellschaft m.b.H. & Co. KG, Wien

Umschlagillustration: Ferenc B. Regös
Umschlagfotografie: Martin Vukovits
Innenillustrationen: Ulrich Reindl

Printed in Germany

Die Schreibweise entspricht den Regeln der neuen Rechtschreibung.

1 2 3 4 5 04 03 02 01 00

ISBN 3-473-56120-7

Thomas Brezina

Ratekrimis

Noch mehr Fälle

für alle Hobby- oder Meisterdetektive und Super-Knickerbocker gibt es in weiteren Ratekrimis von Thomas Brezina:

- ❑ Ratekrimis 1 Gift für den Killerwal
- ❑ Ratekrimis 2 Wenn der Wolfsmann heult
- ❑ Ratekrimis 3 Die Gänsehaut-Orgel
- ❑ Ratekrimis 4 Pferdehof in Gefahr
- ❑ Ratekrimis 5 Die Geisterkatze zeigt die Krallen
- ❑ Ratekrimis 6 Unternehmen Wüstenwurm
- ❑ Ratekrimis 7 Es tanzen die Vampire
- ❑ Ratekrimis 8 Raub beim Ritterfest
- ❑ Ratekrimis 9 Schloss Schauerlich

DIE KNICKERBOCKER-BANDEN-CHECKLISTE

KREUZE EINFACH DIE KNICKERBOCKER-BÄNDE AN, DIE SCHON IN DEINEM REGAL STEHEN.

❑ 1 Rätsel um das Schneemonster
❑ 2 Ein Ufo namens Amadeus
❑ 3 Lindwurmspuk vor Mitternacht
❑ 4 Wenn die Turmuhr 13 schlägt
❑ 5 Bodenseepiraten auf der Spur
❑ 6 Das Phantom der Schule
❑ 7 Die Tonne mit dem Totenkopf
❑ 8 Wo ist der Millionenstorch?
❑ 9 Treffpunkt Schauermühle
❑ 10 Der Fluch des Schwarzen Ritters
❑ 11 Die Nacht der Weißwurst-Vampire
❑ 12 Schokolade des Schreckens
❑ 13 Der Ruf des Gruselkuckucks
❑ 14 Jagd auf den Hafenhai
❑ 15 Das Zombie-Schwert des Sultans
❑ 16 SOS vom Geisterschiff
❑ 17 Die Rache der Roten Mumie
❑ 18 Kolumbus und die Killerkarpfen
❑ 19 Die Gruft des Barons Pizza
❑ 20 Insel der Ungeheuer
❑ 21 Frankensteins Wolkenkratzer
❑ 22 Der tätowierte Elefant
❑ 23 Die Drachen-Dschunke
❑ 24 Der weiße Gorilla
❑ 25 Der Grüne Glöckner
❑ 26 Im Dschungel verschollen
❑ 27 Im Tal der Donnerechsen
❑ 28 Titanic, bitte melden!
❑ 29 Der Eiskalte Troll
❑ 30 Im Reich des Geisterzaren
❑ 31 Der Bumerang des Bösen
❑ 32 Kennwort Giftkralle
❑ 33 Das Riff der Teufelsrochen
❑ 34 Das Geheimnis der gelben Kapuzen
❑ 35 Der Geisterreiter
❑ 36 Im Wald der Werwölfe
❑ 37 Die giftgelbe Geige
❑ 38 Das Haus der Höllensalamander
❑ 39 Das Biest im Moor
❑ 40 Die Maske mit glühenden Augen
❑ 41 Die Hand aus der Tiefe
❑ 42 13 blaue Katzen
❑ 43 Die Rote Mumie kehrt zurück
❑ 44 Die Höhle der Säbelzahntiger
❑ 45 Der Mann ohne Gesicht
❑ 46 Hinter der verbotenen Tür
❑ 47 Das Phantom der Schule spukt weiter
❑ 48 Der unsichtbare Spieler
❑ 49 Es kam aus dem Eis
❑ 50 Der Schrei der goldenen Schlange
❑ 51 Der Schatz der letzten Drachen
❑ 52 Das Wesen aus der Teufelsschlucht

DIE KNICKERBOCKER-BANDE